大家小书

苏辛词说

（疏解本）

顾随 著
陈均 疏解

大家小书

北京出版集团
文津出版社

图书在版编目（CIP）数据

苏辛词说 ：疏解本 / 顾随著 ；陈均疏解 . — 北京 ：文津出版社，2024. 3

（大家小书）

ISBN 978-7-80554-818-0

Ⅰ. ①苏… Ⅱ. ①顾… ②陈… Ⅲ. ①宋词—诗词研究 Ⅳ. ① I207.23

中国版本图书馆 CIP 数据核字（2022）第 132471 号

总 策 划：高立志　　策划编辑：王忠波
责任编辑：白　雪　　责任印制：陈冬梅
责任营销：猫　娘　　装帧设计：吉　辰

·大家小书·

苏辛词说（疏解本）

SU-XIN CISHUO

顾随　著　陈均　疏解

出　　版　北京出版集团
　　　　　文 津 出 版 社
地　　址　北京北三环中路 6 号
邮　　编　100120
网　　址　www.bph.com.cn
总 发 行　北京伦洋图书出版有限公司
印　　刷　北京华联印刷有限公司
经　　销　新华书店
开　　本　880 毫米 ×1230 毫米　1/32
印　　张　7.875
字　　数　142 千字
版　　次　2024 年 3 月第 1 版
印　　次　2024 年 3 月第 1 次印刷
书　　号　ISBN 978-7-80554-818-0
定　　价　49.00 元

如有印装质量问题，由本社负责调换
质量监督电话　010-58572393

总 序

袁行霈

“大家小书”，是一个很俏皮的名称。此所谓“大家”，包括两方面的含义：一、书的作者是大家；二、书是写给大家看的，是大家的读物。所谓“小书”者，只是就其篇幅而言，篇幅显得小一些罢了。若论学术性则不但不轻，有些倒是相当重。其实，篇幅大小也是相对的，一部书十万字，在今天的印刷条件下，似乎算小书，若在老子、孔子的时代，又何尝就小呢？

编辑这套丛书，有一个用意就是节省读者的时间，让读者在较短的时间内获得较多的知识。在信息爆炸的时代，人们要学的东西太多了。补习，遂成为经常的需要。如果不善于补习，东抓一把，西抓一把，今天补这，明天补那，效果未必很好。如果把读书当成吃补药，还会失去读书时应有的那份从容和快乐。这套丛书每本的篇幅都小，读者即使细细地阅读慢慢地体味，也花不了多少时间，可以充分享受读书的乐趣。如果把它们当成补药来吃也行，剂量小，吃起来方便，消化起来也容易。

我们还有一个用意，就是想做一点文化积累的工作。把那些经过时间考验的、读者认同的著作，搜集到一起印刷出版，使之不至于泯没。有些书曾经畅销一时，但现在已经不容易得到；有些书当时或许没有引起很多人注意，但时间证明它们价值不菲。这两类书都需要挖掘出来，让它们重现光芒。科技类的图书偏重实用，一过时就不会有太多读者了，除了研究科技史的人还要用到之外。人文科学则不然，有许多书是常读常新的。然而，这套丛书也不都是旧书的重版，我们也想请一些著名的学者新写一些学术性和普及性兼备的小书，以满足读者日益增长的需求。

“大家小书”的开本不大，读者可以揣进衣兜里，随时随地掏出来读上几页。在路边等人的时候，在排队买戏票的时候，在车上、在公园里，都可以读。这样的读者多了，会为社会增添一些文化的色彩和学习的气氛，岂不是一件好事吗？

“大家小书”出版在即，出版社同志命我撰序说明原委。既然这套丛书标示书之小，序言当然也应以短小为宜。该说的都说了，就此搁笔吧。

《苏辛词说》小引

周汝昌

先师羡季先生平生著述极富，而东坡稼轩两《词说》具有很浓厚的独创特色与重要的代表意义。我是先生写作《词说》之前后尝预闻首尾并且首先得见稿本的二三门弟子中的一个，又曾承先生欣然首肯，许我为《词说》撰一序言。此愿久存怀抱，固然种种人事沧桑，未遑早就，但事关赏析之深微，义涉文章之精要，言说至难，落笔匪易，也是一个原因。今日回首前情，四十年往，先生墓门迢递，小生学殖荒芜，此刻敷楮搦管，不觉百端交集。其不能成文，盖已自知矣。

先生一身兼为诗人、词人、戏曲家、文家、书家、文艺鉴赏家、哲人、学者，——尤其出色当行，为他人所难与伦比的，又是一位传道授业、最善于讲堂说“法”的“教授”艺术大师。凡是听过先生的讲课的，很少不是惊叹倾倒，欢喜服膺，而且永难忘掉的。我常想，能集如许诸家众长于一身的，在那许多同时先后的名家巨擘中，也不易多觏；倘由先生这样的讲授大师撰写艺林赏析的文章著作，大约可以说是世间最能予人以教益、启沃、享受、回味的宝贵“精神营养品”了，——因为先生在世时，方便使用的录音、录像之机都还不似如今这样人人可有，以致先生的笑貌音容、欬唾珠玉，随风散尽，未能留下一丝痕迹，所以仍须就先生的遗文残简而求其绝人之丰采、不朽之精神。循此义而言，《苏辛词说》就不妨看作先生的讲授艺术的自家撰为文字的一种“正而生变”的表现形式，弥足珍贵。

先生一生致力最多的是长短句的研究与创作，“苦水词人”是大家对先生的衷心敬慕的称号；但先生自言：“我实是一个‘杂家’。”旧的社会，使先生这样的人为了衣食生计而奔波不停，心力交瘁，他将自己的小书斋取名为“倦驼庵”，也许可以使我们从中体会一些“境界”——那负重致远的千里明驼，加上了一个“倦”字为之形容，这是何等的“历史语言”啊！由于时代的原因，先生于无书不读之间，也颇曾留意佛学典籍与禅宗语录。凡是真正知道先生的，都不会承认他的思想中受有佛家的消极影响。正好相反，先生常举的，却是“透网金鳞”，是“丈夫自有冲天志，不向如来行处行”，其精神是奋斗不息、精进无止的。他阅读佛经禅录的结果，是从另一个方面丰富了他的文学体验，加深了他的艺术修养。他写《词说》，行文参用语录之体，自然与此不无关系。但采此文体，并非是为了“标新立异”或文人习气喜欢掉弄笔墨。今日读者对于这些事情，已然比较陌生得多了，便也需要稍稍解释一下了。

说采语录体而行文是否是为图一个“标新立异”，自然是从晚近的眼光标准来讲话的。语录语录，原本就是指唐代的“不通于文”的僧徒直录其师辈的口语而言，正是当时最普通的俗语白话的记录。到得宋代，理学家们也喜采此体，盛行于时，于是“语录”竟也变成了一种“文体”之名了。为什么语录盛行呢？说它在讲学传道上具有其优越性，大概是不算大错吧。那么羡季先生讲说宋词而参采语录之体，其非无故，便已晓然。还应当看到，先生的《词说》，也并非就是一味模仿唐沙门、宋诸子，而是取其所长，更加创造——也就是一种大大艺术化了的“语录文体”。这些事物，今天的读者恐怕会感到十分新奇，甚至觉得“阴阳怪气”，其妙莫名了。假如是这样，就会妨碍他很好地领会先生的苦心匠意，那将是一大损失和憾事。故此不惜辞费，先就此一义，略加申解。

然而，上述云云，又不可只当作一个“文体问题”来理会。这并非是一个单纯的形式体裁的事情。它的实质是一个如何表达思想感情、道理见解的艺术问题。盖禅宗——语录的艺术大师们的流派——是中原华夏之高僧大德将西土原始佛法大大加以民族化了的一门极其独特的学问，它对我们的文学艺术，产生了极其巨大深远的影响。

不理解这一层关系，那中国文艺全史就是不好讲的了。写意画的兴起和发展，诗歌理论和创作中的神韵、境界的探索和捕捉，都和禅宗精神有千丝万缕的牵连。禅家论学，讲究破除一切形式的障碍阻阂，而“直指本源”。它的意思是必须最直截了当地把握事物的最本质的精神，而不要为任何陈言俗见（传统的、久惯的、习以为然的“定了型”的观念见解）所缚所蔽。因此禅宗最反对烧香念佛、繁文缛节、形式表面，而极端强调对任何权威都不可迷信，不惜呵佛骂祖，打倒偶像（将木佛劈了做柴烧！），反对缀脚跟、拾牙慧，具有空前的勇敢大胆、自具心眼、创造精进的新精神。不理解这个十分重要的一面，一听见说是禅宗属于“佛法”，便一股脑儿用一个什么标签了事，那也会对我们的百世千年的民族文化精神的真面全貌造成理解上的许多失误。读先生的《词说》，更要细心体味他行文说理的独特的词语和方式，以及采用禅家“话头”“公案”的深刻而热切的存心用意，才不至于像《水浒传》里的黑旋风李逵，听了罗真人的一席话言，全不晓得他“说些甚底”。那岂不有负先生的一片热情，满怀期望。

我国文艺传统上，对作家作品的品评赏析，本亦有我们自己独特的方式，这又完全是中华民族的，而不应也不能是与西方的一模一样；加上禅家说法传道的尤为独特的方式，就成为了一种浚发灵源、溉沃智府的高超的艺术和学问。其最主要的精神是诱导启示，使学人能够自寻蹊径、独辟门庭，而最忌硬套死搬、灌食填鸭、人云亦云、照猫画虎。以是之故，先生的《词说》里是找不见什么时代、家世、生平、典故、训诂……这些“笺注性”的死知识的——这些都不难从工具书上查他一个梗概。先生所说的，全是以一位诗人的细心敏感，去做一位学者的知人论世，而在这样的相得益彰的基础上，极扼要地、极精彩地抉示出了文学艺术的原由体性，评骘了名家巨匠的得失高低，——而这一切，只为供与学人参考借镜，促其精思深会，而迥异乎“唯我最正确最高明”“天下之美尽在于斯”的那种自居自炫和人莫予毒的心理态度。

先生的讲说之法，绝不陈米糟糠、油盐酱醋、流水开账，以为“美备”；也绝不同于较短量长、有意翻案，以耸动世人耳目为能事；他只是指头一月，颊上三毫，将那最要害、最吃紧的关节脉络，予以提撕，加之勾勒，使作者与讲者的精神意度，识解胸襟，都一一呈现于目前，跃然于纸上，——一切都是活的。他不像那些钝汉，专门将活龙打作死蛇来弄。须知，凡属文学艺术，当其成功出色，无不是虎卧龙跳、鸢飞鱼跃样的具有生命的东西，而不善讲授的，却把作死东西来看待，只讲一串作者何年生、何年卒、何处人氏、何等官职，以至释字义、注故实、分段落、标重点……总之是一大堆死的“知识”而已，究其实际，于学子的智府灵源，何所裨益？又何怪他们手倦抛书，当堂昏睡乎？——然而，正是习惯于那种引困的讲说之法的，总以为那才是天经地义，乍一见先生的《词说》，无论文体语调，还是方法方式，都会使他吃惊不小；“离经叛道”“野狐参禅”“左道旁门”，以及其他疑辞贬语，也许就不免啧啧之言了。比如，有人看了《词说》，会诧异诘问：为何不见一句是讲思想性与艺术性？他却不能懂得：先生字字句句，都在讲那真正的思想性和艺术性，只不过这一切都是中华民族的文艺概念、美学观点，并且也是中华的表现法讲说法，而非照搬舶来之界说与词句罢了。当然，讲我们中华民族的文艺特色，除却人们常用的思想性与艺术性而外，是否就没有了别的可讲——或者讲了别的就是“错误”的了？这正是一个问题。读《词说》而引起认真严肃的思考的学人，定会想上一想，并试行研寻解答这些课题。对这一点我是深信而不疑的。

《词说》正文，篇篇珠玉，精义名言，络绎奔会，给读者以极大的启迪与享受。然而两篇《自序》，同样十分之重要，这都是先生数十年覃思渊索的结晶之作，最堪宝贵。就我个人的感觉，从行文的角度来说，《东坡词说》卷尾的《自序》笔致又与“说辛”卷端的《自序》不同。后者绵密有余，而不无缓曲之患；前者则雄深雅健，老笔益见纷披矣，盖得力于汉魏六朝高文名手者为多。我还想试为拈出的是先生写到《东坡词说》之时，思致更为深沉，心情益觉严重，哲思多于感触，笔墨倍形超脱，已经是逐步地脱离了开始写“说辛”时的那一种心境和文境了。两部《词说》，本系姊妹为篇，同时相继，一气呵成，而其异同，有如是者。说辛精警，说苏深婉。精警则令人振奋而激动，深婉则令人叹喟而感怀。苏辛之不同科，于此亦可概见，而顾世之评者犹然“苏辛豪放”，众口一词，混然不别，先生言之之切，亦已晓然。破俗说，纠误解，原非《词说》之主体，而举此一端，亦足见先生借禅家之宗旨，提倡自具心眼、自行体会，于学文之人为何等重要了。

凡了解历史、尊重历史的，都会承认，王静安的《人间词话》是一部词学理论史上的重要著作，而且影响深远，又不限于词之一门，实是涉及我国广义的诗学理论与文艺评论鉴赏的一部具有世界声誉的著作。先生之于王氏《词话》，研索甚深，获益匪浅，也是可以看得出的事实。但先生的《词说》，其意义与价值，超过静安之《词话》，我在四十年前初读《词说》时，即如此估量。估量是否得实，岂敢自定。以余所见，先生之《词说》，视静安之《词话》，其所包容触发，无论自高度、广度而言，抑或自深度、精度而论，皆超越远甚。先生之论词，自吾华汉文之形音义说起，而迄于高致之生焉。所谓高致，先生自谓可包神韵与境界而有之。窃尝与先生书札往还，商略斯事，以为神韵者何耶，盖人之精神不死者为神，人之意致无尽者为韵，故诗词文章，首须具有生命，而后济以修养——韵者即高度文化修养之表现于外者也，神者则其不可磨灭而蕴于内者也。至于境界者又何谓耶？盖凡时与空之交会，辄一境生焉，而人处其间，适逢其会，而有所感受，感而写之，是即所谓境界。先生尔时，深致赞许，以为能言人所未能言。及今视之，境界为客观之事，人之所感乃主观之事，境固有自性，不以人为转移，然文学艺术，并非单纯反映客观如镜面与相机也，以其人之所感，表于文字，而览者因其所感而又感焉，此或谓之共振共鸣，互为激越、互为补充也。循是以言，其有感之人，品格气质，学识胸襟，必有浅有深、有高有下，——由是而文艺作品之浅深高下分焉。徒言境界，则浅深高下皆境界也，有境界果即佳作乎？殊未可必。况静安自言：有写境，有造境。其所谓写境，略近乎今之曰“反映”云者。若夫造境，余常论温飞卿之《菩萨蛮》，率不同于实境之反映，而大抵词人以精美华贵之物象而自创之境也；境既可造，必其所造之境亦随造者心性之浅深高下而大有不同。是以太史公之论屈大夫也，椽笔大书：“其志洁，故其称物芳。”然则楚骚之境界，盖因屈子之高致而始有矣。

志洁、物芳，二者之间，具有辩证法的关系，是以读者又每即词中之物芳，而定知词人之志洁。此则先生所以标高致之意，可略识焉。盖高致者何？吾中华民族之高度才情、高度文化、高度修养之一种表现是也。先生举高致为对词人词作之第一而最后之要求，而不徒取境界一词，根由在此。昔者龚定盦戏拈“柳绿桃红三月天，太夫人移步出堂前”以为笑枋。夫此二句，岂果一毫“境界”亦无可言者乎，实又不可谓之绝无。然则其病安在？曰：苦无高致耳。无高致，纵然字句极工，乃不得为诗为词，于此可见矣。东坡尝笑“认桃无绿叶，辨杏有青枝”，而云：“诗老不知梅格在，谓言绿叶与青枝！”而“疏影横斜水清浅，暗香浮动月黄昏”之句，传为咏梅绝唱者，岂不亦即系乎高致之有无哉。是以先生论词之极则，而标以高致。即此而察，先生所会，已突过王氏。此外胜义，岂易尽举。至若先生之《词说》，商略旧问题固然已多，而提揭新课目，更为不少。即《词说》以窥先生之文学思想、艺术精神，可以勒为专著，咀其英华，漱其芳润，滋荣艺圃，霑溉文林，必有取之逢源，用之无匮之乐矣。

但四十年来，国内学人，知先生《词说》者尚少，其意义与价值毕竟如何，当然有待于公证。唯是四十年前之历史环境，与今大异，先生此作，又未能广泛流布，其一时不获知者，原不足异；今者行将付梓，固是深可庆幸之盛事。然而词坛宗匠，半已凋零，后起来哲，能否快读先生之《词说》而领其苦心、识其旨趣？又觉不无思虑。实感如此，无须讳饰。但念江河万古之流，文章千秋之业，如先生之所说，与吾中华民族文化精神无有一合，虽我一人爱奉之，维护之，又有何济。如先生之所说，实与吾中华民族文化精神甚合甚切，则民族文化精神长存，即先生之《词说》亦必随之而不可没，而我又何虑乎？

回忆先师撰作《词说》之时，吾辈皆居平津沦陷区，亡国之痛，切肤割心，先生之词句有云：“南浦送君才几日？东家窥玉已三年。嫌他新月似眉弯！”先生之诗句又曰：“秋风瑟瑟拂高枝，白袷单寒又一时；炒栗香中夕阳里，不知谁是李和儿？”（李和儿，宋汴京炒栗驰名，金陷汴都，李流落燕山，今北京也，尝流涕语宋之使金者：我东京李和儿是也。）爱国之丹心，隐耀于宫徵之间，此情谁复知者？尔时吾辈书生，救亡无力，方自深惭，顾犹以研文论艺相为濡沫，盖以为中华民族文化精神不死，则吾中华民族岂得亡乎？嗟嗟，此意之于《词说》，又谁复知者！

吾为先师《词说》作序，岂曰能之，践四十年前之旧约也。文已冗长，而于先生之精诣，曾无毫发之发挥，而可为学人之津渡者。抚膺自问，有负先生之所望，为愧何如！然迫于俗事，吾所欲言正多，而又不得不暂止于此。他日或有第二序，以报先生，兼以印证今昔识解之进退，可也。

癸亥端午佳节　受业周汝昌谨述于北京东城

（引自《砚霓小集》）

目录

稼轩词说

词目

上卷

下卷

词目　后记

去岁拟说稼轩词时，选词既定，曾有记如右。比莘园抄来，竟不曾说。今日再阅一过，回想尔时胸中所欲言者俱已幻灭，如云如烟，不可追求。但约略记得，其时颇有与诸家理会一向之意。今所写，则极力避免与前人斗口，若其间有不合则固然耳，与去岁无以异。吾甚幸去岁之不曾说，省却多少口舌是非。吾又甚悔去岁之不曾说，事过境迁，遂致曾无踪迹可证吾之学力与识力有无进益也。

旧说既无有，而今吾所说又稍稍异前所见，又旧所选，不曾分卷，今厘而二之，上卷多飞动之作，下卷所选稍较恬静。又于下卷中弃《临江仙》“金谷无烟”一首，《鹧鸪天》“晚日寒鸦”一首，“有甚闲愁”一首。而补以今之《青玉案》《感皇恩》《清平乐》。则旧记本可不存，而仍存之者，敝帚自珍之外，意者小小意见，或亦有可供二三子参会处耶。

自吾初著笔为此“说”，时在中伏，日长天暑，今虽立秋，仍在三伏，秋老虎之余烈，犹未稍减。吾之病躯虽较旧时为健，而苦思久坐，头之眩，腰之楚，亦屡屡迫我停笔卧床。至于挥汗如雨，倦目生花，可无道矣。吾写至此，《词说》真将卒业矣。虽曰自喜，终竟惭愧。圆悟和尚问其弟子宗杲曰："达摩西来，将何传授？"杲曰："不可总作野狐精见解。"又问："据虎头，收虎尾，第一句下明宗旨。如何是第一句？"杲曰："此是第二句。"吾今兹之"词说"，其皆野狐精见解与第二句乎？

卅二年八月十二日记于净业湖南之倦驼庵。

自序

苦水[①]曰：自吾始能言，先君子[②]即于枕上口授唐人五言四句，令哦[③]之以代儿歌。至七岁，从师读书已年余矣。会[④]先妣[⑤]归宁[⑥]，先君子恐废吾读，靳[⑦]不使从，每夜为讲授旧所成诵之诗一二章。一夕，理[⑧]老杜《题诸葛武侯祠》诗，方曼声长吟"遗庙丹青落，空山草木长"，案上灯光摇摇颤动者久之，乃挺起而为穗[⑨]。吾忽觉居室墙宇俱化去无有，而吾身乃在空山中草木莽苍里也。[⑩]故乡为大平原，南北亘千余里，东西亦广数百里，其地则列御寇[⑪]所谓"冀之南汉之阴，无陇断焉"[⑫]者也。山也者，尔时[⑬]在吾亦只于纸上识其字，画图中见其形而已。先君子见吾形神有异，诘其故，吾略通所感。先君子微笑，已而不语者久之，是夕遂竟罢讲归寝。

吾年至十有五，所读渐多，始学为诗，一日于架上得词谱一册读之，亦始知有所谓词。然自是后，多违庭训[⑭]，负笈他乡。二十岁时，始更自学为词。先君子未尝为词，吾又漫无师承，信吾意读之，亦信吾意写之而已。先君子时一见之，未尝有所训示，而意似听之也。顾[15]吾其时已知喜稼轩矣。世间男女爱悦，一见钟情，或曰宿孽也。而小泉八云[16]说英人恋爱诗，亦有前生之说[17]。若吾于稼轩之词，其亦有所谓宿孽与前生者在耶？自吾始知词家有稼轩其人以迄于今，几三十年矣。是之间，研读时之认识数数变，习作之途径亦数数变，而吾每有所读，有所作，又不能囿于词之一体。时而韵，时而散，时而新，时而旧，时而三五月至三五年摈[18]词而不一寓目，一著手。而吾之所以喜稼轩者或有变，其喜稼轩则固无或变也。意者稼轩籍隶山东，吾虽生为河北人，而吾先世亦鲁籍[19]，稼轩之性直而率，戆而浅，故吾之才力、之学识、之事业，虽无有其万之一，而性习相近，遂终如针芥[20]之吸引，有不能自知者耶。

噫，佛说因缘，难言之矣。然自是而交好[21]多目余填词为学辛，二三子从余治词者抑或以辛词为问，而频年[22]授书城西校中[23]，亦曾为学者说《稼轩长短句》。一九四一年冬，城西罢讲，是事遂废[24]。会莘园[25]寓居近地安门，与吾庐相望也，时时过[26]吾谈文。一日吾谓平时室中所说，听者虽有记，恐亦难免不详与失真。莘园曰：“若是，何不自写？”吾亦一时兴起，乃遴选辛词二十首，付莘园抄之。此去岁春间事也。然既苦病缠，又疲饥驱，荏苒一载将半，始能下笔，作辍二十余日，终于完卷。亦足以自慰，足以慰莘园，且足以慰年来函询面问之诸友也。

夫说辛词者众矣，吾尝尽取而读之，其犁然[27]有当于吾心者，盖不数数遘[28]。吾之说辛，吾自读之，亦自觉有稍异夫诸家者。吾之视人也既如彼，则人之视吾也，其必能犁然有当于心也耶？彼此是非，其孰能正之？虽然，既曰说，则一似为人矣。吾之是说，如谓为为人，则不如谓为自为[29]之为当。此其故有三焉。其一，吾二十余年来读辛词之所见，零星散乱，藉此机缘，遂得而董理[30]之。其二，吾初为上卷时，笔致甚苦生涩，思致甚苦艰辛，情致甚苦板滞，及至下卷，时时乃有自得之趣。其三，吾平时不喜为说理之文，于是亦得而练习之。为人之结果若何，吾又乌[31]能知之，若其自为，则吾已有种豆南山之感矣。胜业虽小，终愈于无所用心耳。

或有谓既以自为而非为人，又何必词说之为？曰：既非为人而以自为，又何不可为词说也？陶公诗时时言酒，而人谓公之意不在酒，藉酒以寄意耳。夫其意在酒，固须言酒；若其意不在酒，而陶公之诗乃又不妨时时言酒也。且夫宇宙之奥，事物之理，吾人其必不能知耶？苟其知之，吾人又必能言之耶？孔子为天纵之圣，释迦为出世之雄，是宜必能知矣。孔子循循善诱，诲人不倦，而曰：“予欲无言。”释迦在世，说一大藏教，超度众生，而曰：“若人言如来有所说法，即为谤佛。”以圣人与大雄[32]，尚复如是，则说之难欤？抑说之无益欤？月固月也，人不识月，而吾指以示之，则有认指为月者矣。水固水也，析之为氢二氧，无毫发虚伪于其间也，说之确当无加于是矣。然既氢二氧矣，又安在其为水也？若是夫说之难且无益也。

孔子与释迦所说者道，而今吾所欲言者文。道无形而文有体，则说道艰而说文易。古来说文之作，吾所最喜，陆士衡《文赋》，刘彦和《雕龙》，是真意能转笔，文能达意者。然士衡曰：“是盖轮扁之所不得言，故亦非华说之所能精。”又曰：“盖所能言者，具于此云尔。”则有欲言而不能言者矣。至刘氏之《文心雕龙》，较之《文赋》，加详与备。然其《序志》亦曰：“虽复轻采毛发，深极骨髓，或有曲意密源，似近而远，辞所不载，亦不胜数。”以二氏之才识与思力，专精于文，尚复如是，吾未见说文之易于说道也。是故知之愈多，言之愈寡；知之弥邃，说之弥艰；文之与道无殊致也。彼孔子与释迦，陆机与刘勰，皆知道与知文者也，宜其言之如是。吾于道无所知，自亦不言，至今之说辛词，词亦文也，说词亦岂自谓知文？陆氏与刘氏，维其知文，虽不能忘言，要不肯易言，故有前所云云耳。若夫苦水维其不知文，故转不妨妄言之，是亦陶公饮酒之别一引申也。夫子之言性与天道，不可得而闻。彼村氓山樵，释耒弛担，田边林下，亦间谈性天[33]。此岂能与夫子并论？彼村氓山樵，不独无方圣人之意，亦并无自谓有知性天之心，要之，亦不能不间或一谈而已，亦更不须援刍荛[34]之言，圣人择焉而为之解嘲也。于是乃不害吾说文，又不害吾说辛词也。

而吾又将奚以说也？于古有言："文以载道。"若是乎文之不能离道而自存也。然吾读《论语》《庄子》及大雄氏之经[35]，皆所谓道也，而其文又一何其佳妙也？《论语》之文庄以温，《庄子》之文纵而逸，佛经之文曲以直、隐而显。如无此妙文，则其书将谁诵之？而其道又奚以传？若是乎道之有赖于文也。彼载道之文，且复如是，则为文之文将何如邪？古亦有言：诗，心声也；字，心画也。[36]夫如是，则学文之人将如何以涵养其身心，敦励其品行乎？殆必如儒家之正心诚意，佛家之持戒修行而后可。虽然，审如是，即超凡入圣，升天成佛，于为文乎何有？且吾即将如是以说耶？则虽谈天雕龙，辨析秋毫，于说文又何有？奈学文者又决不可忽视上所云之涵养与敦励。

然则如之何而可？于此而有简当之论，方便之门，夫子[37]之忠与恕，初祖[38]之直指本心、见性成佛[39]是也，所谓诚也。故曰："修辞立其诚。"故曰："诚于中，形于外。"吾尝观夫古今之大文人大诗人之作，以世谛[40]论之，虽其无关于真义之处，亦莫不根于诚，宿于诚。稼轩之词无游辞[41]，则何其诚也。复次，文者何？文也者，文彩也。无彩，即不成其为文矣。吾之所谓文彩，非脂粉熏泽之谓。脂粉熏泽，皆自外铄，模拟袭取，非文彩也。而欲求文彩之彰，又必须于文字上具炉捶[42]，能驱使，始能有合。小学家之论小学也，曰形，曰音，曰义。今姑借此固有之假名，以竟吾之说。曰义者，识字真，表意恰是，此尽人而知之矣。然所谓识字，须自具心眼，不可人云亦云。否则仍模袭，非文彩也。曰形者，借字体以辅义是。故写茂密郁积，则用画繁字。写疏朗明净，则用画简字。一则使人见之，如见林木之蓊郁与夫岩岫之杳冥也。一则使人见之，如见月白风清，与夫沙明水净也。曰音者，借字音以辅义是也。故写壮美之姿，不可施以纤柔之音；而洪大之声，不可用于精微之致。如少陵赋樱桃[43]曰"数回细写"，曰"万颗匀圆"。细写齐呼，樱桃之纤小也；匀圆撮呼，樱桃之圆润也。以上三者，莫要于义，莫易于形，而莫艰于声。无义则无以为文矣，故曰要。形则显而易见，识字多则能自择之，故曰易。若夫音，则后来学人每昧于其理，间有论者，亦在恍兮惚兮、若有若无之间，故曰艰。曰要，曰易，曰艰，以上云云，就知之而言也。若其用之于文也亦然。虽然，古来大家，其亦果知之耶？要亦行乎其不得不然，不如是，则不惬于其文心而已。今吾亦既再三言之，则亦似知之矣，而吾之所作，其果能用之耶？即能用之，其果能必有合耶？

吾尝笑东坡"魂飞汤火命如鸡"[44]一句之非诗，其义浅而无致，其形粗而无文，其声则噪杂而刺耳。东坡世所谓才人也，而其为诗，乃有此失，其他作家，自宋而后，虽欲不等诸自郐以下[45]不可得也。若夫往古之作，"三百篇"、《楚辞》、《十九首》、曹孟德、陶渊明，于斯三者，殆无不合。李与杜，则有合有离矣。然其高者，亦殆无不合。今姑以杜为例。七言如"风吹客衣日杲杲，树搅离思花冥冥"，如"子规夜啼山竹裂，王母昼下云旗翻"，如"骏尾萧梢朔风起"，如"万牛回首丘山重"，五言如"重露成涓滴，疏星乍有无"，如"露从今夜白，月是故乡明"，如"云卧衣裳冷"，如"侧目似愁胡"等，皆于形、音、义三者，无毫发憾。学人有心，细按密参，自有入处，不须吾一一举也。稼轩之词，亦有合有离矣。其合者，一如老杜，即以今所选诸词论之，如《念奴娇》之"凄凉今古，眼中三两飞蝶"，如《沁园春》之"叠嶂西驰，万马回旋，众山欲东"，如《鹧鸪天》之"红莲相倚浑如醉，白鸟无言定自愁"，如《南歌子》之"月到愁边白，鸡先远处鸣"等，学人亦可自会，又不须吾一一说也。虽然，吾上所拈举，聊以供学人之反三云尔。吾非谓二家之合作即尽于是，亦非谓其有句而无篇也。即今所选辛词二十章，亦岂遂谓足以尽稼轩哉？抑吾尚有不能已于言者，凡夫形、音、义三者之为用也，助意境之表达云尔。是故是三非一，亦复即三即一。一者何？合而为意境而已。一者何？即三者而为一而已。故视之而睹其形，诵之而听其声，而其义出焉。又非独唯是也，听其声而其形显焉，而其义出焉。若是则声之辅义更重于形也。三即一者，此之云尔。且三者之合为文而彰为彩也，不可以无心得，不可以有心求。稍一勉强，便非当家。古之作者，其入之深也，常足以探其源而握其机。故能操纵杀活，太阿在手。其出之彻也，又常冥然如无觉，夷然如不屑。故能左右逢源，行所无事。于是而所谓高致生焉。吾乃今然后论高致。

吾国之作家，自魏、晋、六朝迄乎唐、宋，上焉者自有高致；其次知求之，有得不得；其次虽知求之，终不能得；若其未梦见者，又在所不论也。稼轩之为词，初若无意于高致，则以其为人，用世念切，不甘暴弃，故其发而为词，亦用力过猛，用意太显，遂往往转清商而为变徵[46]，累良玉以成疵瑕，英雄究非纯词人也。然性情过人，识力超众，眼高手辣，肠热心慈，胸中又无点尘污染，故其高致时时亦流露于字里行间。即吾所选二十首中，如《水龙吟》之“楚天千里清秋，水随天去秋无际”，《鹊桥仙》之“看头上风吹一缕”，《清平乐》之“谁似先生高举，一行白鹭青天”，皆其高致溢出于不觉中者也。义已详《说》中，兹不赘。

问：既曰高致，则作品所表现，亦尝有关于作者之心行乎？曰：此固然已。而吾又将呜呼论之？且此宁须论也？且吾前此拈心画、心声时不已稍稍及之矣耶？故于此亦不复论。若高致之显于作品之中也，则必有藉乎文字之形、音、义与神乎三者之机用。是以古之合作，作者之心、力既常深入乎文字之微，而神致复能超出乎言辞之表，而其高致自出。不者，虽有，不能表而出之也。而世之人欲徒以意胜，又或欲以粉饰熏泽胜，慎已。吾如是说，其或可以释王渔洋之所谓神韵，王静安之所谓境界乎？虽然，吾信笔乘兴，姑如是云云耳。吾年来于是之自悟、自肯也，亦已久矣。即与两家所标举之神韵与境界无一毫发合焉，吾之自肯如故也。即举世而不见肯，吾之自肯仍如故也。吾之为此词说也，岂有冀于世之必吾肯也？二三子既有问，吾适有所欲言，聊于此一发之云尔。吾说而无当也，则等于大野之风吹，宇宙空虚，亦何所不容。其当也，又岂须吾说之耶。上智必能自合之；次焉者，研读创作，日将月就，必能自得之。若是者又奚吾说之为耶？下焉者，虽吾说，其有稍济耶？且四十九年，三百余会，一部大藏经，亦何尝非说？而其终也，世尊拈花，以不说说，迦叶微笑，以不闻闻。二三子虽求知心切，欲得顿悟，来相叩击，希冀触磕，吾亦已不能无言，而果能言之耶？言所以达意，而果能达耶？即达矣，二三子之所会，果为吾意耶？

嗟夫，初祖西来，教外别传，直指本心。而六祖目不识丁，且谓诸佛妙理，非关文字，顾尚有《坛经》。马祖初而曰即心即佛，继而曰非心非佛；虽其言之简，固亦不能无言也。弟子大梅[47]谓其惑乱人未有了日。宜哉。后来子孙，拈槌竖拂，辊[48]球弄狮，极之而棒，而喝，而打地，而一指，苦矣，苦矣。吾尝推其意，盖皆知其不能言而又不能不有所表现以示来学，所谓不得已也。出家大事，如此纠纷，亦固其所。若夫词说，有何重轻。谓之说《稼轩长短句》可，谓之非只说《稼轩长短句》亦可。谓之为人可，即谓之自为亦可。谓之意专在说可，即谓之意不在说，尤大无不可。漆园老叟，千古达人，而曰呼我为牛者应之，呼我为马者应之。庄子果牛与马耶，即不呼不应，庄子之为牛马自若也。果非牛与马耶，人呼之即应之，庄子之为庄子自若也。嗟嗟，释迦有言：万法唯心。中哲亦言：贪夫殉财，烈士殉名[49]。吾辈俱是凡夫，生于斯世，心固不能不有所系维。苟有以系维吾心，而且得以自乐焉，斯可矣。呼牛与马可应之，而名之与财，又奚以区而别之也耶？至是而吾之自序，亦将毕矣。

自吾初着手为此序，未意其冗长如是。而终于如是冗长者，欲稍稍综合《说》中之言，一；欲稍稍补足《说》中之义，二；欲稍稍恢宏[50]《说》中之旨，三也。虽然，冗长至如是，而所谓综合、补足与恢宏也者。吾自读此序一过，仍觉有欲言而未能言与夫言之而未能尽者，则亦不能不止于是矣。《稼轩长短句》自在天壤之间，读之者而好之者，会之者，大有人在，将不待吾之选之、说之、序之也。至于文则一如道。道无不在，而文亦若中原[51]之有菽。学文之士自得之者，亦大有人在，更不需吾之说也。法演禅师谓陈提刑曰："提刑少年曾读小艳诗否？有两句颇相近：'频呼小玉元无事，只要檀郎认得声。'"[52]吾姑抄此，以结吾序。

读解：

一 "上焉者自有高致"之语，正是静安《人间词话》"有境界，则自成高格，自有名句"。静安先生之"高格"或即是苦水先生之"高致"乎？

二 苦水以诚，以无游辞许稼轩。静安《〈人间词话〉疏义》残稿云："词人之忠实，不独对人事宜然。即对一草一木，亦须有忠实之意，否则所谓游词也。"其意同也。想必苦水受静安启发，而敷衍以禅宗之义也。惜苦水于《人间词话》之疏义仅存残篇，不然又可见一番龙蛇之笔也。

三 此序纵横于庄周禅宗，以及文心文赋，再以自身之感受证之。由此序，不仅知苦水思想文章之世界，亦知苦水为文为学之门径也。

四 善读苦水此词说者，虽千载悠悠，亦可得教外别传也。

注释：

①苦水：顾随的号。其来历，或曰顾随之一音之转。亦与周作人之“苦雨斋”有关。周作人日记里，亦曾以“甘土”称顾随。《词说》正文，顾随多以“苦水”自谓，以下不再出注。

②先君子：旧时称自己或他人已去世的祖父。此处指顾随的祖父。

③哦：吟哦。有节奏地诵读诗文。即今之吟诵、诵念。

④会：恰巧碰上。

⑤先妣：指顾随之母亲。

⑥归宁：已嫁女子回娘家看望父母。顾随母亲为山东临清人，此处大约是指从河北清河去山东临清。

⑦靳：吝惜。

⑧理：按事物本身的规律或依据一定的标准对事物进行加工、处置。此处指讲解此诗。

⑨穗：本义为稻、麦等草本科植物的花或果实聚生在茎上顶端部分。此处指灯花或烛花。

⑩读诗之神秘体验，或因此顾随乃奠定一生治词之基础也。《在青州城墙上》一文里，顾随亦写此种神秘体验。

⑪列御寇即列子。战国时期的道家。《庄子》里常出现之。后世流传有《列子》一书。

⑫其句出自《列子·愚公移山》。

⑬尔时：其时。

⑭庭训：父教，家教。违庭训，为习语，指离家，去异乡。

⑮顾：回头看。

⑯小泉八云：1850年出生于希腊，原名Lafcadio Hearn。后赴美国，生活了二十一年。1890年至日本，娶小原节子为妻，改名为小泉八云，先后在东京帝国大学、早稻田大学任教。1904年去世。小泉八云是一位唯美主义者，撰有《怪谈》等著述，对于日本文学影响较大。20世纪30年代，经过译介，对中国文学亦有广泛影响。顾随解诗方法曾受小泉八云著作启发。

⑰顾随与卢季韶合译有小泉八云所撰《英文诗中的恋爱观》，文中谈及“爱的幻象，愉快的形象之一，是旧相识的感得，一种爱的情感，好像这爱人是在辽远的从前某时和忘却了的某地，曾经相识相爱过似的”。(《顾随全集》卷二，河北教育出版社2014年版，第270页）此文原刊《朝华》第一卷第三、四期，1930年3月、4月，河北省立女子师范学院出版。

⑱摈：排除，抛弃。

⑲顾随出生于河北清河县，祖籍为山东临清。

⑳针芥：被磁石吸引的针和被琥珀吸引的芥，比喻投契。《续传灯录·绍灯禅师》：“受具之后，瓶锡游方，造玉泉芳禅师法席，一见针芥相投，筌蹄顿忘。”

㉑交好：友好。

㉒频年：连年，多年。

㉓指燕京大学即今之北京大学所在地，位于海淀，在城西。顾随原任教于燕京大学，并在北京大学、中法大学等校兼课。

㉔1941年，燕京大学为日军关闭。

㉕莘园：周汝昌之号。周汝昌，红学家，著有《红楼梦新证》等，为顾随最著名弟子之一。

㉖过：造访。

㉗犁然：犹释然。自得貌。《庄子·山木》："孔子穷于陈蔡之间，七日不火食，左据槁木，右击槁枝，而歌猋氏之风，有其具而无其数，有其声而无宫角，木声与人声，犁然有当于人之心。"

㉘遘：相遇。

㉙自为：为自己。

㉚董理：整理。

㉛乌：疑问词，哪，怎。

㉜大雄：佛之德号。佛有大力，能伏四魔。故名大雄。《法华经·涌出品》曰："善哉善哉！大雄世尊。"

㉝性天：指人性和天命。

㉞刍荛：草野之人。

㉟大雄氏之经即佛经。

㊱明唐顺之《跋自书康节诗送王龙溪后》云:“诗，心声也；字，心画也。字亦诗也，其亦有别传乎?”

㊲指孔子。

㊳初祖：此处或是指释迦牟尼。释迦拈花，迦叶微笑，是为禅宗之始。释迦被奉为禅宗西天初祖。“直指本心、见性成佛”之说，则是到慧能、马祖才提出，成为禅宗的宗旨。

㊴《佛学大辞典》“大梅”条：马祖大寂禅师法嗣明州大梅山之法常，初参大寂，问如何是佛？大寂云：即心是佛。师即大悟。唐贞元中居天台山，余姚南七十里，梅子真旧隐居。大寂闻师住山，乃使一僧来问：和尚见马师得什么住于此山？师云：马师向我教即心是佛，我即向这里住。僧云：马师近日佛法又别。师云：作摩生别？僧云：近日又道非心非佛。师云：这老汉惑乱人未有了日，任汝非心非佛，我只管即心即佛。其僧回，举似马祖。祖云：大众，梅子熟也。自此学者渐臻，师之道弥显。某年寂，寿八十八。传灯录七呼为梅子。

㊵世谛：佛教语。“二谛”之一。谓有关世间种种事相的真理。《大智度论》卷三八:“佛法中有二谛，一者世谛，二者第一义谛。为世谛故，说有众生；为第一义谛故，说众生无所有。”

㊶游辞：虚浮不实的言辞。

㊷炉捶：亦作“炉锤”“炉椎”，比喻造化，陶铸。《文选·刘孝标〈广绝交论〉》：“雕刻百工，炉捶万物。”

㊸少陵赋樱桃即《野人送朱樱》。诗中有“数回细写愁仍破，万颗匀圆讶许同”之句。

㊹此句出自苏轼《狱中寄子由二首》。

㊺自郐以下，又作“自郐而下”“自郐无讥”。典出《左传·襄公二十九年》，指自此以下的不值得评论。宋陆游《示子遹》诗：“元白才倚门，温李真自郐。”

㊻清商指正声，变徵指悲愤之声。原为七声调式之名，此处取象征意。

㊼即明州大梅山法常禅师，马祖之弟子，因闻“即心即佛”而得悟，后居大梅山。《祖堂集》载其事云：其僧归到盐官处，具陈上事。盐官云：“吾忆在江西时，曾见一僧问马大师佛法祖意，马大师皆言‘即汝心是’。自三十余年，更不知其僧所在。莫是此人不？”遂令数人教依旧路，斫山寻觅。如见，云：“马师近日道：‘非心非佛。’”其数人依盐官教问。师云：“任你非心非佛，我只管即心即佛。”盐官闻而叹曰：“西山梅子熟也。汝曹可往彼，随意采摘去。”如是，不足二三年间，众上数百，凡应机接物，对答如流。

㊽辊：滚，转动。

㊾《史记·伯夷列传》云“贾子曰：贪夫殉财，烈士殉名，夸者死权”。语出贾谊《鹏鸟赋》。梁启超《现在与

未来》亦云："贪夫殉财，烈士殉名，夸者殉权，哲人殉道，其所殉之物虽不同，而其所以为殉者，皆捐弃万事，以专注其希望之大欲而已。"

㊿恢宏：发扬，扩大。

51中原：原中，田野里。菽为豆类总称。顾随此语大约出自陆机《文赋》。《文赋》云："彼琼敷与玉藻，若中原之有菽。"琼敷、玉藻，指喻华美的文辞篇章。琼，美玉。敷，同"华"，花。藻，水草。中原之有菽，语出《诗经·小雅·小宛》："中原有菽，庶民采之。"谓美好的文辞，如同原野里的豆菽，辛勤的劳作者自可采之。又，顾随在讲解《文赋》时，解释此语"'琼敷''玉藻'，好的材料。愈用而愈出，举手投足、耳闻目见，皆可入文章，都是好材料"。（载《顾随全集》卷七，河北教育出版社2014年版，第130页）

52此公案述圆悟克勤禅师由艳诗参禅顿悟事。顾随于序文之结尾引之，或既是指听者须领悟弦外之音，亦指长序絮叨之殷勤意（即老婆心切）也。

上卷

贺新郎

赋琵琶

凤尾龙香拨[①]。自开元、霓裳曲罢[②]，几番风月？最苦浔阳江头客，画舸亭亭待发[③]。记出塞、黄云堆雪。马上离愁三万里，望昭阳宫殿孤鸿没。弦解语，恨难说。[④]　　辽阳驿使音尘绝。琐窗寒、轻拢慢捻，泪珠盈睫。推手含情还却手，一抹《梁州》哀彻。千古事、云飞烟灭。贺老定场无消息[⑤]，想沉香亭北繁华歇。弹到此，为呜咽。

读辛老子[⑥]词，且不可徒看他横冲直撞，野战八方。即如此词，看他将上下千古与琵琶有关的公案[⑦]，颠来倒去，说又重说。难道是几个典故在胸中作怪？须知他自有个道理在。原夫咏物之作，最怕为题所缚，死于句下[⑧]；

必须有一番手段使他活起来。狮子辊绣球，那球满地一个团团转，狮子方好使出通身解数。然而又要能发能收，能擒能纵，方不至不可收拾。稼轩此作，用了许多故实[9]，恰如狮子辊绣球相似，上下，前后，左右，狮不离球，球不离狮，狮子全副精神，注在球子身上。球子通个[10]命脉，却在狮子脚下。古今词人一到用典咏物，有多少人不是弄泥团汉[11]。龙跳虎卧，凤翥[12]鸾翔，几个及得稼轩这老汉来？虽然如是，尚且不是辛老子最后一着。如何是这老子最后一着？试看换头[13]以下曲曲折折，写到"轻拢慢捻"，"推手""却手"，已是回肠荡气；及至"一抹《梁州》哀彻"，真是四弦一声如裂帛[14]，又如高渐离易水击筑，字字俱作变徵[15]之声。若是别人，从开端至此，费尽气力，好容易挣得一片家缘[16]，不知要如何爱惜维护，兢兢业业，惟恐失去。然而稼轩却紧钉[17]一句："千古事、云飞烟灭。"这自然不是"曲终人不见，江上数峰青"[18]。但是七宝楼台[19]，一拳粉碎，此是何等手段，何等胸襟。真使读者如分开八片顶阳骨[20]，倾下一瓢冰雪来。又如虬髯客见太原公子[21]，值得"心死"两字也。要会[22]稼轩最后一著么？只这便是。然而若认为是武松景阳冈上打虎的末后一拳，老虎便即气绝身死，动弹不得，却又不可。何以故？武行者虽是一片神威，千斤膂力，却只能打得活虎死去，不会救得死虎活来。辛老子则既有杀人刀，亦有活人剑[23]，所以不但活虎可以打死，亦且死虎可以救活。不信么？不信，试看他“贺老定场无消息，想沉香亭北繁华歇”十五个字，一口气便呵得死虎活转来了也。

读解：

一　“自有个道理”乃是千古文心。也即见心而非见物，物乃典故言辞之“死句”也。

二　“狮子辊绣球”确是写作之妙喻。作者与文本、与语言之关系何如此喻之形象、强烈。其全神贯注亦是如此。

三　“千古事、云飞烟灭”，下得狠手。

四　“一拳粉碎”，可见稼轩力量之大。

五　“此是何等手段，何等胸襟”，不仅是手段，更是胸中有无，境界俱在。

六　“一口气便呵得死虎活转来了也”，即是诗人之特异处。其一是再上层楼，有云开野阔之感，即柳暗花明也。其二为诗人之力，游刃有余，故能开新境，死去又活来。苦水此说乃千古不易之论也。

七　周汝昌遗稿提及此则，云：“整个儿的讲说就是为了指点写作文学首要的在于一个‘活’字。”（《顾随先生评〈红楼梦新证〉》）我以为，不仅仅如此，此则首拈稼轩此词之“活”，而意在“胸襟”，即千古之文心也。

八　此则如抽丝拨云，但见一层一层剥开，却峰回路转，更见光明大放总在前头。此乃禅宗之“转语”，又可见苦水之体察格物之功夫，精彩之极。

九　梁启超以“大气”云稼轩此词反败为胜之道（《饮冰室说词》），与苦水以“胸襟”之意相若，但不及苦水之细致体贴也。

注释：

①凤尾即琴槽，取其形似。龙香即琴拨，因琴拨由龙香柏木削就。苏轼《听琵琶》诗：“数弦已品龙香拨，半面犹遮凤尾槽。”

②此处用白居易《长恨歌》“渔阳鼙鼓动地来，惊破《霓裳羽衣曲》”之典。

③此处用白居易《琵琶行》“浔阳江头夜送客”“忽闻水上琵琶声，主人忘归客不发”之典。

④此处用昭君出塞之典。譬如欧阳修《明妃曲》：“不识黄云出塞路，岂知此声能断肠。”

⑤贺老：指开元天宝年间善琵琶的艺人贺怀智。定场，犹压场，指艺人技艺高超。苏轼《虞美人》词：“定场贺老今何在？几度新声改。”

⑥辛老子：辛弃疾《水调歌头·和王正之吴江观雪见

寄》词:“老子旧游处，回首梦耶非。”“老子”为辛弃疾之自称,“老夫”之意也。

⑦公案：佛教禅宗的前辈祖师的言行范例。此处沿用此词，泛指事迹、故事。

⑧死于句下：乃是禅宗之语。谓纠缠于词句，执于物，而有所局限。

⑨故实：出处，典故。鲁迅《中国小说史略》第二篇：“其最为世间所知，常引为故实者，有昆仑山与西王母。”

⑩通个：通盘，全盘。《水浒传》第十七回:“老爷，今日事已做出来了，且通个商量。”

⑪弄泥团汉：指像玩泥团的人一般拿捏不定，没有彻悟，因此不能参得死活之理。此为禅宗公案中常用语。《碧岩录·药山射鹿》载，僧问药山:“平田浅草，麈鹿成群，如何射得麈中麈?”山云:“看箭。”僧放身便倒。山云:“侍者拖出这死汉。”僧便走。山云:“弄泥团汉有什么限?”雪窦拈云:“三步虽活五步须死。”复云:“看箭。”

⑫翥：鸟向上飞。

⑬换头：词的下片起头句和前片不相同的叫换头。

⑭此句见于白居易《琵琶行》“曲终收拨当心画，四弦一声如裂帛”，状声音之清厉也。

⑮变徵：我国古代七声声阶中的第四个音级。比徵低半音。以此为主调的歌曲，凄怆悲凉。《战国策·燕策》云:

“高渐离击筑，荆轲和而歌，为变徵之声。”此处指“一抹《梁州》哀彻”之句已极哀。

⑯家缘：家业，财产。《西游记》第二十三回：“我倒是个真心实意，要把家缘招赘汝等，你倒反将言语伤我。”

⑰钉：紧跟，不放松。由此“钉”可模拟、想见稼轩词句之有力。

⑱“曲终人不见，江上数峰青”，乃唐代钱起《湘灵鼓瑟》之末句，《旧唐书·钱徵传》称为“鬼谣”。言有余味、余意，洵为名句也。

⑲七宝楼台：堂皇富丽的楼台。张炎《词源》卷下：“吴梦窗词如七宝楼台，眩人眼目，碎拆下来，不成片段。”

⑳顶阳骨即顶骨，头盖骨。《水浒传》第一〇三回：“唬得庞氏与丫鬟都面面厮觑，正如分开八片顶阳骨，倾下半桶冰雪水，半晌价说不出话。”此句即醍醐灌顶之意。

㉑此处指虬髯客见李世民事。虬髯客乃隋末人，姓张行三，赤髯如虬，故号“虬髯客”。时天下方乱，欲起事中原。于旅邸遇李靖、红拂，与红拂认为兄妹，因李靖得见李世民，以为“真天子”，乃遁去。悉以其家所有赠靖，以佐真主。临行云：“此后十年，当东南数千里外有异事，是吾得事之秋也。”

㉒会：理解，领悟。

㉓杀人刀、活人剑：禅宗语，指开悟、复活真性之机缘。《五灯会元·鄂州岩头全奯禅师》载德山语："石霜虽有杀人刀，且无活人剑。岩头亦有杀人刀，亦有活人剑。"

念奴娇

重九席上

龙山[1]何处？记当年高会，重阳佳节。谁与老兵[2]供一笑？落帽参军华发。[3]莫倚忘怀，西风也解，点检尊前客[4]。凄凉今古，眼中三两飞蝶。[5]　　须信采菊东篱[6]，高情千载，只有陶彭泽[7]。爱说琴中如得趣，弦上何劳声切？[8]试把空杯，翁[9]还肯道：何必杯中物？[10]临风一笑，请翁同醉今夕。

稼轩性情、见解、手段，皆过人一等。苦水如此说，并非要高抬稼轩声价，乃是要指出稼轩悲哀与痛苦底[11]根苗。凡过人之人，不独无人可以共事，而且无人可以共语。以此心头寂寞愈蕴愈深，即成为悲哀与痛苦。发为篇章，或涉愤慨。千万不要认作名士行径、才子习气。彼世之所谓名士才子者，皆是绣花枕[12]，麒麟楦[13]，装腔作势，自抬身份，大言不惭，陆士衡[14]所谓词浮漂而不归[15]者也。即如明远[16]，太白[17]，有时亦未能免此，况其下焉者乎。稼轩即不然，实实有此性情、见解与手段，实实感此寂寞，且又实实抱此痛苦与悲哀，实实怪不得他也。

此词起得不见有甚好，为是重九席上，所以又只好如此起。迤逦写来，到得“谁与老兵供一笑？落帽参军华发”两句，便已透得些子[18]消息。老兵者谁？昔之桓温，今之稼轩也。桓温当年面前尚有一个孟嘉，可供一笑。稼轩此时眼中一个孟嘉也无。往者古，来者今，上是天，下是地，当此秋高气爽，草木摇落之际，登高独立，眇眇余怀，何以为情？所以又有“莫倚忘怀，西风也解，点检尊前客”三句，是嘲是骂，是哭是笑，兼而有之。却又嫌他忒杀锋芒逼人，所以今日被苦水一眼觑破，一口道出。直剑“凄凉今古，眼中三两飞蝶”，写得如此其感喟，而又如彼其含蓄；纳芥子于须弥，而又纳须弥于芥子[19]。直使苦水通身是眼，也觑不破，遍体排牙，也道不出。[20]英雄心事，诗人手眼，悲天悯人，动心忍性，而出之以蕴藉清淡，若向此等处会得，始不辜负这老汉；若一味向卤莽灭裂处求之，便到驴年也不会也。

稼轩手段既高，心肠又热，一力担当，故多烦恼。英雄本色，争怪得他？陶公是圣贤中人，担荷时则掮起便行，放下时则悬崖撒手。稼轩大段及不得。试看他《满江红》词句，“天远难穷休久望，楼高欲下还重倚”，提不起，放不下，如何及得陶公自在。这及不得处，稼轩甚有自知之明，所以对陶公时时致其高山景行[21]之意。一部长短句，提到陶公处甚多。只看他《水调歌头》词中有云：“我愧渊明久矣，犹借此翁湔洗[22]，素壁[23]写《归来》。”[24]真是满心钦佩，非复寻常赞叹。古今诗人，提起彭泽，哪个又不是极口赞叹，何止老辛一人？然而他人效陶、和陶，扭捏做作，只缘人品学问，不能相及，用尽伎俩，只成学步，捉襟见肘，百无是处。稼轩作词，语语皆自胸臆流出。深知自家与陶公境界不同，只管赞叹，并不效颦。所以苦水不但肯他赞陶，更肯他不效陶；尤其肯他虽不效陶，却又了解陶公心事。此不只是人各有志，正是各有能与不能，不必缀脚跟㉕、拾牙慧㉖耳。只如此词后片，忽然借了重九一个题目，一把抓住彭泽老子，大开玩笑，不但句句天趣，而且语语尖刻。即起陶公于九原㉗，恐亦将无以自解。且道老辛是肯渊明，不肯渊明？若道不肯，明明说是高情千古㉘。若道肯，却又请他试把空杯。不见道：只因爱之极，不觉遂以爱之者谑之。又道是："故将别语恼佳人，要看梨花枝上雨。"㉙苦水如此说，甚是不敬，只为老辛顽皮，所以致使苦水轻薄。下次定是不敢了也。

读解：

一　开首论悲哀与痛苦之根源。此乃大诗人之第一要素，亦是第一成因也。苦水必有此寂寞感，因而与稼轩同感也。此亦是文章之基础，如"文心"。苦水言杜甫、孟德、毛词皆以此意解之。故云此乃苦水解诗之门径，亦是千古伟大之文学不二法门。此意又同王观堂之“痛苦说”，观堂取自叔本华，而苦水又阐扬之。

二 “飞蝶”句甚好，此乃庄周之蝶，翩翩而至稼轩、坡仙之前。马致远《秋思》曲云：百岁光阴一梦蝶。苦水以禅家之芥子须弥句，亦是庄子之齐物，打通古今及现实梦幻也。此喻亦极好。

三 “只管赞叹，并不效颦”一语可点醒梦中人。可为千载读书人、百千学人诗人之法。苦水此句正是知人语、喻人句也。想必会有后世之人从此句得作文之法也。读来写来皆应是如此，方不辜负前人、今人之作者也。

四 “故将别语恼佳人”句，有“频呼小玉原无事”之风。盖谐谑之至，读来可见七十年前苦水之笑容也。苦水亦当能见七十年之后的你我他也。此句或是苦水由龙榆生书所见，而顺手引来。

五 稼轩与渊明同游，苦水亦与稼轩同游，吾于此处亦与稼轩、渊明、苦水同游。此即同游之乐。所谓“小鱼跟着大鱼游，小鱼游成大鱼”是也。此又是读书写作之乐也，因可不拘于具体时空，乃尘世间消遣一法也。

六 此则但言性情见解手段，乃是境界之别解也。或亦可解作苦水所云之高致。

七　以悲哀之万古愁始，以把酒临风一笑结，可谓活人剑也。苦水乃稼轩之解人也。

八　在苦水看来，稼轩此词且歌且哭，感慨古今，嬉笑怒骂皆成无穷胜意也，乃是第一等手眼。惹动苦水也一通嬉笑成文章也。罗大经《鹤林玉露》解得甚无趣，当不得“清谈玉露繁”也。

注释：

①龙山：今湖北荆州，江陵西北十五里。

②老兵：指桓温。《晋书·谢奕传》：“与桓温善，温辟为安西司马，犹推布衣好。……常逼温饮，温走入南康主门避之，奕遂携酒就听事，引温一兵帅共饮，曰：‘失一老兵，得一老兵，亦何所怪。’温不之责。”

③“落帽”之句，引“龙山落帽”之典，来自东晋孟嘉事。陶渊明《晋故征西大将军长史孟府君传》云：“（孟嘉）举秀才，又为安西将军庾翼府功曹，再为江州别驾、巴丘令、征西大将军谯国桓温参军。君色和而正，温甚重之。九月九日，温游龙山，参佐毕集，四弟二甥咸在座。时佐吏并着戎服。有风吹君帽堕落，温目左右及宾客勿言，以观其举止。君初不自觉，良久如厕。温命取以还之。廷尉太原孙盛，为咨议参军，时在座，温命纸笔令嘲之。文成示温，温以著坐处。君归，见嘲笑而请笔作答，了不容

思，文辞超卓，四座叹之。”《晋书·孟嘉传》亦载此事。后多以“龙山落帽”为重阳登高之典故，又用以形容名士才子潇洒之态。如黄庭坚《鹧鸪天·重九日集句》词：“龙山落帽千年事，我对西风犹整冠。”但稼轩此处添以“老兵”“华发”，则将词中之景由繁闹转为凄凉。罗大经《鹤林玉露·落帽》谓稼轩此句“意谓嘉不当从温，故西风落其帽以贬之，若免冠然”。

④苏轼《常润道中有怀钱塘，寄述古五首》之二云：“世上功名何日是，尊前点检几人非。”稼轩亦用此意。点检尊前客，即是于酒中体味人世之感。

⑤“飞蝶”之句，引庄周梦蝶之典。

⑥陶渊明《饮酒》二十首之五云：“结庐在人境，而无车马喧。问君何能尔？心远地自偏。采菊东篱下，悠然见南山。山气日夕佳，飞鸟相与还。此中有真意，欲辨已忘言。”

⑦陶彭泽即陶渊明。陶渊明曾任彭泽令。

⑧《晋书·陶潜传》：“高卧北窗之下，清风飒至，自谓羲皇上人。性不解音，而畜素琴一张，弦徽不具，每朋酒之会，则抚而和之，曰：‘但识琴中趣，何劳弦上声！’”陶渊明是否擅琴，亦是一大公案。

⑨翁：指陶渊明。

⑩苏轼《和陶饮酒》第一首：“偶得酒中趣，空杯亦常

持。”稼轩此句意同。

⑪底：同“的”。

⑫绣花枕：比喻徒有外表而无真才实学的人。

⑬麒麟楦：唐朝人称演戏时装假麒麟的驴子叫麒麟楦，比喻虚有其表没有真才的人物。《云仙杂记·麒麟楦》引唐张鷟《朝野佥载》：“唐杨炯每唤朝士为麒麟楦。或问之，曰：‘今假弄麒麟者，以修饰其形，覆之驴上，宛然异物。及去其皮，还是驴耳。’无德而朱紫，何以异是。”

⑭即陆机，字士衡，吴中人，曾任平原内史、祭酒、著作郎之职，世称“陆平原”。西晋时与其弟陆云并称“二陆”，撰有《文赋》，为中国文学批评之名篇。

⑮陆机《文赋》云：“或遗理以存异，徒寻虚以逐微。言寡情而鲜爱，词浮漂而不归。犹弦么而徽急，故虽和而不悲。”

⑯即鲍照，字明远。

⑰即李白，字太白。

⑱些子：少许，一点儿。亦作“些仔”。明高明《琵琶记·文场选士》：“才学无些子，只是赌命强。”唐李白《清平乐》词：“花貌些子时光，抛入远泛潇湘。”

⑲须弥芥子之说是禅宗公案里常见的话头，典出《维摩诘经·不思议品》：“以须弥之高广，内芥子中，无所增减，须弥山王本相如故，而四天王、忉利诸天，不觉不知

己之所入。”此处顾随或引之以说明此词空间极大，而又极含蓄。而诗人于须弥、芥子之间转换，手段又极高妙也。

⑳此句为说不清之意。顾随仿俗语“浑身有口不能言，遍体排牙说不得”而写。此俗语之意为冤屈不能道，顾随之语则无此意。

㉑高山景行：仰慕之意。典出《诗经·小雅·车辖》：“高山仰止，景行行止。”三国魏曹丕《与钟大理书》：“高山景行，私所慕仰。”

㉒湔洗：洗涤、洗净之意。

㉓素壁：白色的墙壁，山壁。

㉔稼轩《水调歌头·再用韵答李子永提干》云：“君莫赋《幽愤》，一语试相开。长安车马道上，平地起崔嵬。我愧渊明久矣，犹借此翁湔洗，素壁写《归来》。”

㉕缀脚跟：随人脚跟的意思，比喻模仿追随，没有独创精神。

㉖拾牙慧即“拾人牙慧”之省写。南朝宋刘义庆《世说新语·文学》：“殷中军云：康伯未得我牙后慧。”后以“拾人牙慧”比喻拾取人家的一言半语当作自己的话。

㉗九原：春秋时晋国卿大夫的墓地。汉刘向《新序·杂事四》：“晋平公过九原而叹曰：‘嗟乎！此地之蕴吾良臣多矣，若使死者起也，吾将谁与归乎？’”后泛指墓地、黄泉。唐皎然《短歌行》：“萧萧烟雨九原上，白杨青松葬者谁？”

㉘高情千古：原文为“高情千载”。

㉙出自苏轼《木兰花令（次马中玉韵）》云：“知君仙骨无寒暑，千载相逢犹旦暮。故将别语恼佳人，要看梨花枝上雨。落花已逐回风去，花本无心莺自诉。明朝归路下塘西，不见莺啼花落处。”

沁园春

灵山[1]齐庵赋，时筑偃湖未成

叠嶂西驰，万马回旋，众山欲东。正惊湍直下，跳珠倒溅，小桥横截，缺月初弓。老合[2]投闲[3]，天教多事，检校长身[4]十万松[5]。吾庐[6]小，在龙蛇[7]影外，风雨[8]声中。　争先见面重重。看爽气朝来[9]三数峰。似谢家子弟，衣冠磊落[10]，相如庭户，车骑雍容[11]。我觉其间，雄深雅健，如对文章太史公[12]。新堤路，问偃湖何日，烟水濛濛。

读辛词，一味于豪放求之，固不是；若看作沉着痛快，似矣，仍未是也。要须看他飞针走线，一丝不苟，始为得耳。即如此词，一开端便即气象峥嵘，局势开拓，细按下去，何尝有一笔轶出[13]法度之外？工稳谨严处，便与清真[14]有异曲同工之妙。笑他分豪放、婉约为两途者之多事也。

闲话且置。即如此词，如何是辛老子一丝不苟处，一毫不曾轶出法外处？看他先从山说起，次及泉，及桥，及松树，然后才是吾庐，自远而近，秩秩然，井井然。换头以下，又是从庐中望出去底山容山态。然后说到将来的偃湖。脚下几曾乱却一步。虽然苦水如是说，仍不见得不曾辜负稼轩这老汉。何以故？步骤虽然的的[15]如此，却不是稼轩独擅，即亦不能以此为稼轩绝调。一切作家，谁个笔下又不是有头有尾，有次第，有间架？谁个又许乱说来？他人如是，稼轩亦如是。丈夫自有冲天志，莫向如来行处行[16]。且道如何又是稼轩所独擅的绝调。自来作家写山，皆是写他淡远幽静，再则写他突兀峻厉。稼轩此词，开端便以万马喻群山，而且是此万马也者，西驰东旋，踠足[17]郁怒。气势固已不凡，更喜作者羁勒在手，故作驱使如意。真乃倒流三峡，力挽万牛手段。不必说是超绝千古，要且[18]只此一家。但如果认为稼轩要作一篇翻案文字，打动天下看官眼目，则大错，大错。他胸中原自有此郁勃底境界[19]，所以群山到眼[20]，随手写出，自然如是，实不曾有心要与古人争胜于一字一句之间，又何曾有心要与古人立异？天下看官眼目，又几曾到他心上耶？虽然，是即是，终嫌他太粗生[21]。稼轩似亦意识及此，所以接说珠溅、月弓，是即是，却又嫌他太细生。待到交代过十万松后，换头以下，便写出“磊落”“雍容”“雄深雅健”，有见解，有修养，有胸襟，有学问，真乃掷地有声。后来学者，上焉者硬语盘空，只成乖戾；下焉者使酒骂座，一味叫嚣。相去岂止千里万里，简直天地悬隔。而且此处说是写山固得，说是这老汉夫子自道，又何尝不得。写到此处，苦水几番想要搁笔，未写者不想再写，已写者也思烧去。饶我笔下生花，舌底翻澜，葛藤[22]到海枯石烂，天穷地尽，数十页《稼轩词说》，何曾搔着半点痒处？总不如辛老子自作自赞，所供并皆诣实[23]。读者若于此会去，苦水词说，尽可以不写，亦尽不妨写。若也不然，则此词说定是烧去始得。

读解：

一　“工稳谨严”句。有法度，始可为诗。不然则是野狐禅也。

二　“丈夫自有冲天志”句，即村上春树所云要用与众不同的语言，写与众不同的小说也。此语解之，甚妙。然此只是发心，还须有物也。

三　胸中原有境界最是要处。此例可作静安《人间词话》脚注。亦可见静安之于苦水、《人间词话》之于《驼庵诗话》。

四　“上焉”“下焉”之语，道尽一切诗之弊病。然总在一个胸中自有境界。若境界未到，便是“上焉”“下焉”，上下俱不得。

五　“烧去”句。千万不可烧去，如卡夫卡之遗作，直待一二素心人解得，方不愧苦水于溽暑一番话头也。

六　稼轩此词、苦水此文，妙在句句皆是写自己。

七　“飞针走线，一丝不苟”乃是文章佳处。《红楼梦》《金瓶梅》《水浒传》《三国演义》皆如是。

八　此则先写手段，再说境界，堪作上则之注解也。

九　苦水此则，处处代入稼轩，仿佛稼轩写作如在眼前，历历可见，并解说与你。虽然稼轩之写作或并不如此，然可见苦水也。

十　稼轩词、东坡乐府烧得，苦水词说烧得，卡夫卡小说亦可烧。如苦水云，概同此理也。

十一　“有见解，有修养，有胸襟，有学问”，四有之评赞，此处可闻拍案叫绝声声也。

注释：

①灵山：道书所称的福地之一，在今江西省上饶县北。清顾祖禹《读史方舆纪要·江西三·上饶县》：“灵山，府西北六十里，一名灵鹫山。道书第三十三福地，实郡之镇山也。”

②合：应该。

③投闲：谓置身于清闲境地。宋陆游《入秋游山赋诗》之三：“屡奏乞骸骨，宽恩许投闲。”

④长身：高大。

⑤十万松：松林繁茂之貌。辛弃疾《归朝欢》“小序”云：“灵山齐庵菖蒲港，皆长松茂林。”

⑥吾庐：或即是齐庵。

⑦龙蛇：指松树弯曲的树干。宋陆游《眉州驿舍睡起》诗："斜阳生木影，龙蛇满窗纸。"

⑧风雨：状松涛声。

⑨爽气朝来：《世说新语·简傲》云：王子猷作桓玄车骑参军，桓玄欲委其事，王子猷"初不答，直高视，以手版拄颊云'西山朝来，致有爽气'"。

⑩典出《晋书·谢玄传》云："安尝戒约子侄，因曰：'子弟亦何豫人事，而正欲使其佳?'诸人莫有言者。玄答曰：'譬如芝兰玉树，欲使其生于庭阶耳。'"

⑪典出《史记·司马相如列传》云："相如之临邛，从车骑雍容闲雅甚都。"

⑫典出《新唐书·柳宗元传》云："雄深雅健，似司马子长。"司马迁，字子长，著《史记》，自称"太史公"。

⑬轶出：超出。

⑭清真指周邦彦。周邦彦（1056—1121），北宋著名词人，字美成，号清真居士。

⑮的的：真实，确实。唐赵氏《夫下第》诗："良人的的有奇才，何事年年被放回?"

⑯禅宗语录。譬如，同安察禅师《十玄谈》即有"丈夫自有冲天志，莫向如来行处行"。

⑰踠足：马屈腿举蹄，意欲奔驰。出自汉班固《东都

赋》："马踠余足。"

⑱要且：却是。唐白居易《夜题玉泉》诗："遇客多言爱山水，逢僧尽道厌嚣尘。玉泉潭畔松间宿，要且经年无一人。"

⑲此句要紧。即王国维《人间词话》所云"有境界，则自成高格，自有名句"也。

⑳到眼：见到，看见。

㉑粗生：粗涩生硬。

㉒葛藤：葛的藤蔓，比喻事物纠缠不清或话语噜苏烦冗。宋王君玉《杂纂续·不识迟疾》云："急如厕说葛藤话。"

㉓诣实：符合实际。唐刘知幾《史通·载文》："唯王劭撰《齐》《隋》二史，其所取也，文皆诣实，理多可信，至于悠悠饰词，皆不之取。"

满江红

稼轩居士花下与郑使君惜别醉赋。侍者飞卿[①]奉命书

莫折荼蘼[②]，且留取、一分春色。还记得、青梅如豆[③]，共伊同摘。少日对花浑醉梦，而今醒眼看风月。恨牡丹、笑我倚东风，头如雪。　　榆荚[④]阵，菖蒲叶。时节换，繁华歇。算怎禁风雨，怎禁鹈鴂[⑤]。老冉冉兮[⑥]花共柳，是栖栖者[⑦]蜂和蝶。也不因、春去有闲愁，因离别。

花下伤离，醉中得句，侍儿代书，此是何等情致。待到一口气将九十许字读罢，有多少人嫌他忒煞质直。杜少陵诗曰："黄四娘家花满蹊，千朵万朵压枝低。"[⑧]杨诚斋诗却说："霜干皴裂臂来大（音惰），只著寒花三两个。"[⑨]若只许他蜀中黄四娘家千朵万朵，不许他绍兴府学门前寒花霜干得么？换头自"榆荚阵"直至"怎禁鹈鴂"，虽非金声玉振，要是斩钉截铁，一步一个脚印，正是辛老子寻常茶饭，随缘生活。及至"老冉冉兮花共柳，是栖栖者蜂和蝶"，多少人赞他前用《离骚》，后用《论语》，真乃运斤成风[⑩]手段。苦水却不如是说。若谓冉冉出屈子，栖栖出圣经[⑪]，所以好，试问花共柳、蜂和蝶，又有何出处？

上面恁么冠冕堂皇，底下恁么质俚草率，岂非上身纱帽圆领，脚下却著得一双草鞋？须看他“老冉冉兮花共柳”是怎的般风姿？“是栖栖者蜂和蝶”是怎的般情绪？要在者里[12]，体会出一个“韵”字来，方晓得稼轩何以不求与古人异，而自与古人不同；何以虽与古人不同，却仍然与古人神合。隔岸观火之徒动是说“如教坊雷大使之舞，虽极天下之工，要非本色”[13]。苦水却笑他如何不说，虽非本色，要极天下之工乎？且夫所谓本色者何也？山定是青，水定是绿，天定是高，地定是卑，若是之谓本色欤？大家如此说，我不如此说，便非本色。苟非真切体会，纵如此说了，又何异瞎子所云之“诸公所笑，定然不差？”[14]假如真切体会了，便不如此说，亦何尝不是本色？且稼轩如此写，岂非正是稼轩本色乎？若谓只是太粗生，则何不思：无性情之谓粗，没道理之谓粗，稼轩此词，至情至理，粗在甚么处？你道涂粉抹脂，便是细么？揭起那一层涂抹，十足一个黄脸婆子，面疱雀斑，青痣黑疤，累积重叠，细在甚么处？

读解：

一　“何等情致”句便是苦水体会得稼轩小序之佳，乃是情境、情趣也。又，言小序之韵，故而全篇皆有韵致也。

二　“粗生”出自禅语。苦水称稼轩为“细”而非“粗”，真乃稼轩知己。且细读之，此词叙景抒情亦细，非空发也。是之谓“细”。

三　苦水本色当行之语，当是来自《人间词话》及周介存也，而更上一层。

四　“真切体会”为“本色”，乃是直指心灵之慧心语也。可为文学之范。要之，本色并非贴近自然，而是贴近自己，贴近内心之感受也。

五　“本色”“当行”“粗”“细”之说亦不可“死于句下”矣。

六　“冉冉”“栖栖”之语，苦水以为有凑音节之病。此处未及多说也。

注释：

①飞卿：辛弃疾之侍妾。

②荼蘼，一作酴醾，花名。落叶灌木。攀缘茎，有刺，夏季开白花，洁美清香。苏轼《杜沂游武昌以酴醾菩萨见饷》之一：“酴醾不争春，寂寞开最晚。”

③青梅如豆，欧阳修《阮郎归》词：“南园春半踏青时，风和闻马嘶。青梅如豆柳如眉，日长蝴蝶飞。”

④榆荚：榆树的果实，即榆钱，《太平御览》卷九五六引汉崔寔《四民月令》：“二月榆荚成者，收干以为酱。”

⑤鹈鴂即杜鹃。《楚辞·离骚》：“恐鹈鴂之先鸣兮，使

夫百草为之不芳。”

⑥典出屈原《离骚》：“老冉冉其将至兮，恐修名之不立。”

⑦典出《论语·宪问》，微生亩谓孔子曰：“丘何为是栖栖者与？无乃为佞乎？”

⑧此句出自杜甫《江畔独步寻花·其六》：“黄四娘家花满蹊，千朵万朵压枝低。留连戏蝶时时舞，自在娇莺恰恰啼。”

⑨杨万里《记丘宗卿语绍兴府学前景》：“镜湖泮宫转街曲，才隔清溪便无俗；竹桥斜度透竹门，墙根一竿半竿竹；恰思是间宜看梅，忽然一枝横出来；霜干皴裂臂来大，只著寒花三两个。”

⑩运，挥动。斤，斧头。运斤成风：挥动斧头，风声呼呼，比喻手法纯熟，技术高超。《庄子·徐无鬼》：“郢人垩漫其鼻端，若蝇翼，使匠石斫之。匠石运斤成风，听而斫之，尽垩而鼻不伤，郢人立不失容。”

⑪圣经：此处指《论语》。

⑫者里：这里。

⑬陈师道在《后山诗话》里评苏轼词作云：“退之以文为诗，子瞻以诗为词，如教坊雷大使之舞，虽极天下之工，要非本色。今代词手，惟秦七、黄九尔，唐诸人不逮也。”

⑭《笑林广记·瞽笑》：“瞽者与众人同坐，众人有所见而笑，瞽者亦笑。众问之曰：‘汝何所见而笑？’瞽者曰：‘列位所笑，定然不差，难道是骗我的？’”

水龙吟

登建康赏心亭

楚天千里清秋，水随天去秋无际。遥岑远目，献愁供恨，玉簪螺髻。落日楼头，断鸿声里，江南游子。把吴钩看了，阑干拍遍，无人会，登临意。　　休说鲈鱼堪脍。尽西风、季鹰归未？[①] 求田问舍，怕应羞见，刘郎[②]才气。可惜流年，忧愁风雨，树犹如此[③]。倩[④]何人唤取，红巾翠袖，揾英雄泪？

千古骚人志士，定是登高远望不得。登了望了，总不免泄露消息，光芒四射。不见阮嗣宗[⑤]口不臧否人物，一登广武原，便说："时无英雄，遂使竖子成名。"陈伯玉[⑥]不乐居职，壮年乞归，亦像煞恬退[⑦]。一登幽州台，便写出"念天地之悠悠，独怆然而涕下"[⑧]。况此眼界极高、心肠极热之山东老兵乎哉？

此《水龙吟》一章，各家词选录稼轩词者，都不曾漏去。读者太半喜他"落日楼头"以下七个短句，二十七个字，一气转折，沉郁顿挫，长人意气。但试问此"登临意"究是何意？此意又从何而来？倘若于此含胡[⑨]下去，则此七句二十七字便成无根之木、无源之水，与彼大言欺世之流，又有何区别？何不向开端两句会去？此正与阮嗣宗登广武原、陈伯玉登幽州台一样气概、一样心胸也。而且“千里清秋”，“水随天去”，浩浩荡荡，苍苍茫茫，一时小我，混合自然，却又抵拄[10]枝梧[11]，格格不入，莫只作开扩心胸看去。李义山诗曰：“花明柳暗绕天愁，上尽层楼更上楼。欲问孤鸿向何处，不知身世自悠悠。”[12]与稼轩此词，虽然花开两朵，正是水出一源。此处参透，下面“意”字自然会得。好笑学语之流，操觚握笔，动即曰无人知，没人晓，只是你自己胸中没分晓。试问有甚底可知可晓？即使有人知得晓得了，又有甚么要紧？偏偏要说无人知，没人晓，真乃痴人说梦也。前片中“遥岑”三句，大是败阙。后片中用张翰事，用刘先主事，用桓温语，意只是说，欲归又归不得，不归亦是空度流年。但总不能浑融无迹。到结尾处“红巾翠袖，揾英雄泪”，更是忒煞作态。若说责备贤者，苦水《词说》并非《春秋》，若说小德出入，正好放过。

读解：

一　“泄露消息，光芒四射”句。此语大佳，必是慧心人方能道得，因登高即是庄子所言与天地同游也。有若石破天惊。登高望远人亦是石破天惊也，如孙猴子。《西游记》开首，便是泄露消息。此外，登临高处，正是无人可说，便说与苍天，说与自己，说与童话中之“树洞”也。

二　与“登临意”相称者，仅有开端二句。因除此自然寥廓，所蕴之情意，才能解“登临意”。它如“揾英雄泪”之语，恰是不能解意也。世人所赏，大约是上片下片后两句。与顾随之赏相比，恰是云泥。

三　“红巾翠袖，揾英雄泪”句甚有名，忒俗耳。此句不一定不好，其实有情。然苦水嫌其无志气耳。《醉打山门》之戏，鲁智深别离五台山时，亦有此句，但随即转为东坡之芒鞋也。

四　苦水“你自己胸中没分晓”之语，可作警世语也。亦是禅家之当头棒喝。世间万事，多是由“你自己胸中没分晓”却又忸怩作态而来。于顾随诗学而言，自家见解、自己胸襟流出，皆是此意。

五　苦水独赏前两句，恰是英雄气概而自然流露耳，故不同凡俗。凡俗则多喜细巧处，如苦水所举七句二十七字，如“红巾翠袖”句。此乃苦水与稼轩高人一等处。

注释：

①典出《世说新语·识鉴篇》：“张季鹰辟齐王东曹掾，在洛，见秋风起，因思吴中菰菜羹、鲈鱼脍，曰：‘人生贵

得适意尔，何能羁宦数千里以要名爵?’遂命驾便归。俄而齐王败，时人皆谓为见机。”又，顾随《读稼轩词手记二则》的第一则云：“‘归未’下不应用句号。(编注：原引词“归未”后为句号)‘归未’只是未归之意。所以上句说，‘休说鲈鱼堪脍’也。说了亦是归不得，不如不说之为愈也。六〇，三，一二。”

②刘郎：刘备。典出《三国志·魏书·陈登传》。

③典出《世说新语》：“桓温见昔时种柳，皆已十围，慨然曰：木犹如此，人何以堪。”

④倩：请，央求。

⑤即阮籍。阮籍，字嗣宗，三国时的魏国文人，“竹林七贤”之一。《晋书·阮籍传》：“籍本有济世志……籍由是不与世事，遂酣饮如常。……尝登广武，观楚汉战处，叹曰：‘时无英雄，使竖子成名!’”

⑥即陈子昂。陈伯玉，字子昂，唐代诗人。

⑦恬退：淡于名利，安于退让。《梁书·孝行传·何炯》：“炯常慕恬退，不乐进仕。”

⑧陈子昂《登幽州台歌》：“前不见古人，后不见来者。念天地之悠悠，独怆然而涕下。”

⑨含胡：即含糊，形容办事敷衍马虎，苟且，不认真。宋欧阳修《再乞根究蒋之奇弹疏札子》：“臣若有之，万死不足以塞责；臣若无之，岂得含胡隐忍，不乞辨明?”

⑩抵拄：抵制。

⑪枝梧：斜而相抵的支柱，引申为对抗，抵挡。唐杜甫《夜听许十一诵诗爱而有作》诗："陶谢不枝梧，风骚共相激。"

⑫李商隐《夕阳楼》："花明柳暗绕天愁，上尽重城更上楼。欲问孤鸿向何处，不知身世自悠悠。"与顾随所引略有差异。

八声甘州

夜读《李广传》不能寐，因念晁楚老杨民瞻约同居山间，戏用李广事赋以寄之

故将军饮罢夜归来，长亭解雕鞍。恨灞陵醉尉，匆匆未识，桃李无言。射虎山横一骑，裂石响惊弦。落魄封侯事，岁晚田园。　谁向桑麻杜曲？要短衣匹马，移住南山。[①] 看风流慷慨，谈笑过残年。汉开边、功名万里，甚当时、健者也曾闲？纱窗外、斜风细雨，一阵轻寒。

《白雨斋词话》曰："辛稼轩，词中之龙也。"[②]因忽忆及小说一则：一龙堕入塘中，极力腾踔，数尺辄坠，泥涂满身，蝇集鳞甲。凡三日。忽风雨晦冥，霹雳一声，龙便掣空而去云云。苦水读辛词，虽不完全肯《白雨斋词话》，但于此《八声甘州》一章，却不能不联想到小说中所写之堕龙。看他开端二语，夭矫[③]而来，真与一条活龙相似。但逐句读去，便觉此龙渐渐堕落下去。匆匆者何也？或是草草之意耶？匆匆未识，以词论之，殊未见佳。"桃李无言"，虽出《史记·李广传》后之"太史公曰"，用之此处，不独隔，亦近凑。落魄两句便是因地一声堕入泥中。《传》中明说，李广不言家产事，"田园"二字，作何着落？换头

云“谁向桑麻杜曲”，是又不事田园也。“短衣匹马”出杜诗[④]，是说看李将军射虎，非说李将军射虎也。“匹马”字与前片“雕鞍”字、“一骑”字重复，是龙在塘中，泥涂满身，蝇集鳞甲时也。“风流慷慨，谈笑过残年”，纵然极力腾踔，仍是不数尺而坠。直至“汉开边”十五个字，方是风雨晦冥，霹雳一声，掣空而去。龙终究是龙，不是泥鳅耳。至“纱窗外、斜风细雨，一阵轻寒”，则是满天云雾，神龙见首不见尾矣。昔者奉先深禅师与明和尚同行脚，到淮河，见人牵网，有鱼从网透出。师曰：“明兄，俊哉！一似个衲僧。”明曰：“虽然如此，争如当初不撞入罗网好？”师曰：“明兄，你欠悟在。”[⑤]苦水今日，断章取义，采此一节，说此一词，得么？虽然，似即似，是则非是。

读解：

一　此文以龙喻稼轩，亦是以龙之小说喻此词之过程，解来居然无一不妥帖，可见苦水之知心会意也。苦水之鉴赏力如是。故读苦水此文此解，亦在结穴一“悟”字。“悟”后方得稼轩、苦水之意也。或竟不得，而读之、体之，而知龙之于文章诗法，亦可名为得其中之味之趣也。

二　此词结束最后一句，当可作人生之慨。历尽劫难，春秋复转，其实尽在窗外风雨处。知者、悟者当可悟稼轩、苦水之深心也。

注释：

①此句即由杜甫诗句化用而来。唐杜甫《曲江三章》其三云："自断此生休问天，杜曲幸有桑麻田。故将移住南山边，短衣匹马随李广，看射猛虎终残年。"短衣匹马，短衣即短装。古代为平民、士兵等服装。穿着短衣，骑一匹骏马。形容士兵英姿矫健的样子。

②《白雨斋词话》，近人陈廷焯撰，为常州词派代表著作。其卷一云："辛稼轩，词中之龙也。气魄极雄大，意境却极沉郁。"

③夭矫：屈伸且有气势。《淮南子·脩务训》："木熙者，举梧槚，据句枉，猿自纵，好茂叶，龙夭矫。"

④见前注①。

⑤典出《五灯会元》第十五卷：师同明和尚到淮河，见人牵网，有鱼从网透出。师曰："明兄，俊哉！一似个衲僧相似。"明曰："虽然如此，争如当初不撞入网罗好？"师曰："明兄，你欠悟在。"明至中夜方省。

汉宫春

立春

春已归来，看美人头上，袅袅春幡[①]。无端风雨，未肯收尽余寒。年时[②]燕子，料今宵、梦到西园[③]。浑[④]未办，黄柑荐酒[⑤]，更传[⑥]青韭堆盘[⑦]。　　却笑东风从此，便熏梅染柳，更没些闲。闲时又来镜里，转变朱颜。清愁不断，问何人、会解连环[⑧]。生怕[⑨]见，花开花落，朝来塞雁先还。

苦水于二十年前读此词时，于换头“却笑”直至“连环”六句，悟得健[⑩]字诀。今日不妨葛藤一番，举似[⑪]天下看官。看他三十六个字，曲曲折折写来，逐句换意，不叫嚣，不散涣，生处有熟，熟中见生。说他劲气内敛，潜气内转，庶几当之无愧。尤妙在说不断，说连环，此三十六个字，便真有不断与连环之妙。若只见他声东击西，指南打北，而不见他谨严绵密，岂非既负古人，又误自己。苦水于此处有个悟人，决不敢说从此一切珍宝皆归吾有。然而亦颇有一番小小受用。不过今日若遇有人来共苦水商略[⑫]此词，苦水却要举他前片开端二句。若论“春已归来”，实实不见有甚奇特。但“美人头上，袅袅春幡”八字上，加之以“看”，却何等风韵，何等情致。夫美人头上，金步摇，玉搔头，尚矣。又若簪花贴翠，亦其常也。今日何日？忽然于金玉花翠之外，袅袅然而见此春幡焉。春归来乎？诚哉其归来也。况且虽曰立春，而余寒尚烈，花未见其开也，柳未见其青也，又何从得见春之归来乎？今不先不后，近在眼前，突然于美人头上，见此春幡之袅袅然，则一任余寒之尚烈，花之未开，柳之未青，而春固已归来矣。亦何须乎寒之转暖，而梅之熏与柳之染也耶？近代人论文动曰经济，即此便是经济。动曰象征，即此便是象征。动曰立体描写，即此便是立体描写。古人曰“状难写之景，如在目前，含不尽之意，见于言外”[13]，亦复即此便是。《四库书目提要》说辛老子词“于剪红刻翠之外，屹然别立一宗”[14]。别立一宗且置，即此岂非剪翠刻红底真本领？一般人又道辛词非本色，即此又岂不是稼轩底惟大英雄能本色也？葛藤半日，只说得“美人头上，袅袅春幡”，尚漏去“看”字未说。要会这个“看”字么？但看去即得。

周止庵说：“稼轩由北开南，梦窗由南追北。”[15]开南不见得，要且屹然于南北之外。但“年时燕子”十一字，却是南宋词人气味，思致既深，遂成为隔[16]。集中此等处时时而有。要一一举来，即是起哄[17]，且休去。

读解：

一　苦水词多此“健字诀”，即流畅明快有余，时有奇语，然会得不甚深也。

二　“生处有熟，熟中见生”之语巧妙。所谓生熟相间、工拙相半本是常理也。

三　“美人”“春幡”八字亦是禅语，如归来嗅花之类也。参“美人”“春幡”一句，即可知稼轩为文之道，亦可知古今为文之道也。

四　“思致既深，遂成为隔。”“隔”亦是看是否素心之人，亦可在深处素面相见，而与鲁莽人尽管“隔”去。然思致深，亦可以是文语、套语、烂语，而不能有活泼泼之气息，即死于句下也。

注释：

①春幡：春旗。又名彩胜、幡胜。旧俗于立春日或挂春幡于树梢，或剪缯绢成小幡，连缀簪之于首，以示迎春之意。辛弃疾《蝶恋花·元日立春》词起句云：“谁向椒盘簪彩胜。”

②年时：当年，往年时节。

③西园：此处指北宋都城汴京西门外的琼林苑。“西园”一词逗起作者故国之思。

④浑：全，满。

⑤黄柑荐酒：黄柑酿制的腊酒。立春日用以互献致贺。

⑥传：递。

⑦青韭堆盘：《四时宝鉴》谓“立春日，唐人作春饼生菜，号春盘”。又作五辛盘。《本草纲目·菜部》：“五辛菜，乃元旦、立春，以葱、蒜、韭、蓼蒿、芥辛嫩之菜和食之，取迎新之意，号五辛盘。”苏轼《立春日小集戏李端叔》云：“辛盘得青韭，腊酒是黄柑。”

⑧连环：联结成串的玉环。《庄子·天下》：“今日适越而昔来，连环可解也。”此处以“连环”喻愁闷。

⑨生怕：只怕，犹恐。

⑩健：吴小如忆顾随于课堂上讲辛弃疾“以健笔写柔情”。

⑪举似：告诉。明袁宏道《与王伯谷书》：“吴越佳山水，登览略尽。恨不能一一举似。”

⑫商略：品评，评论。《魏书·李彪传》：“彪评章古今，商略人物。”

⑬宋梅尧臣语。欧阳修《六一诗话》云：“圣俞尝语余曰……必能状难写之景，如在目前，含不尽之意，见于言外，然后为至矣。”圣俞即梅尧臣之字。

⑭载自《四库全书总目提要·集部词曲类·稼轩词提要》。

⑮清周济《宋四家词选序论》：“稼轩则沉着痛快，有辙可循，南宋诸公，无不传其衣钵，固未可同年而语也。

稼轩由北开南，梦窗由南追北，是词家转境。”

⑯隔与不隔，乃王国维《人间词话》的核心概念之一。王国维语“语语都在目前，便是不隔”，此处顾随云“思致既深，遂成为隔”，亦同此意。

⑰起哄：打趣，开玩笑。

祝英台近

晚春

宝钗分，桃叶渡，烟柳暗南浦。怕上层楼，十日九风雨。断肠片片飞红，都无人管，更谁劝、啼莺声住。　　鬓边觑。试把花卜归期，才簪又重数。罗帐灯昏，哽咽梦中语。是他春带愁来，春归何处，却不解、带将愁去。

有人于此词，特举他结尾三句，说是出自赵德庄[①]《鹊桥仙》，而赵又体[②]之李汉老咏杨花之《洞仙歌》[③]云云[④]。又解之曰："大抵后辈作词，无非前人已道底句，特善能转换耳。"[⑤]苦水谓此论他人词或者也得，然非所论于稼轩。因为这老汉处处要独出手眼，别开蹊径也。偶而不检，落在古人窠臼里，却是他二时粥饭[⑥]，杂用心处。学人如何得在此等处认取他？苦水二十年前读此词，于前片取"怕上层楼"九字，于后片亦取此结尾三句。近日看来，俱不见有甚好。一首《祝英台近》，只说得"没奈何"三个字。说起没奈何来，自韦端己[⑦]、冯正中[⑧]，多少词人跳这个圈子不出。稼轩这位山东老兵拈笔填词，表现手段，有时原也推倒智勇。但一腔心绪，有时也便与古人一鼻孔出气，也还是"没奈何"三字。不过前片"怕上"九字，后尾三句，没奈何尚是是物而非心；尚是贫无立锥，不是连锥也无。既是怕上，不上即得；春既不曾带得愁去，也只索由他。所以者何？权非己操，即责不必自负也。今日看来，倒是“试把花卜归期，才簪又重数”十一个字，是心非物，是连锥也无，真是没奈何到苦瓠连根苦。夫花本所以簪之也，词却曰“才簪又重数”，则其簪之前，固已曾数过矣，已曾卜过归期矣。若使数过卜过而后簪，如今又复摘下重数，则其于花意固不专在于簪也。意不在于簪，故数过方簪，簪过重数。则其重簪之后，谁能必其不三数三簪，四数四簪，且至于若干簪若干数，若干数若干簪耶？内心如此拈掇不下，如此摆布不开，较之风与雨，春与愁，其没奈何固宜有深浅之别矣。六祖曰：“非风动，非幡动，仁者心动。”[⑨]其斯之谓欤？

此章与前《汉宫春》章，有人说俱是讽刺时事。苦水谓如此说亦得。但苦水却决不是如此说。所以者何？譬如伤别之人，见月缺而长吁，睹花落而下泪，其心伤原不专在月之圆缺、花之开落，但机缘触磕[⑩]，学者又不可放过花月，一味捉住伤别去打死蛇。否则是只参死句不参活句也。杜少陵即使真个“每饭不忘君”[⑪]，也须是情真见[⑫]实，方才写得好诗。若情不真，见不实，只按定“每饭不忘君”五字作去，便是村夫子[⑬]依高头讲章[⑭]作应举[⑮]制义[⑯]，揞黑豆和尚[⑰]傍文字说禅伎俩。诗法未梦见在。

读解：

一　“怕上”句即未至其臻也。故而易落伤感，易落窠臼，易落下乘，易落入凡俗也。直至百尺竿头，并无竿头之绝境方可。如投子云：不须夜行，天明须至。唯有一转语、一转境方能至也。

二　“才簪”语较“怕上层楼”诸句，更显日常细节，故真是可感且感人也。未细读深会者不能知此也。苦水亦是读过多遍，读至中年方晓此境。

三　虽有时代侵入诗歌，但依然有诗心在，诗法在，方能成其诗也。

四　诗学即心学，如本章所云“是心非物”也。

注释：

①赵德庄《鹊桥仙》云：“来时夹道，红罗步障，已换青丝翠羽。春愁元自逐春来，却不肯、随春归去。　千觞美酒，十分幽事，归到只愁风雨。凭谁传语牡丹花，为做取、东君些主。”赵德庄，即赵彦端，字德庄，鄱阳人，有《介庵集》《介庵词》等。

②原文为“体”，疑应为“本”。

③李汉老《洞仙歌》云：“一团娇软，是将春揉做。撩乱随风到何处。自长亭、人去后，烟草萋迷，归来了、装点离愁无数。　飘扬无个事，刚被萦牵，长是黄昏怕微

雨。记那回，深院静，帘幕低垂，花阴下、霎时留住。又只恐、伊家忒疏狂，蓦地和春，带将归去。”李汉老，即李邴，字汉老，任城人，著《草堂集》，不传。

④顾随手稿里，此句为“而赵又体之李汉老杨花词云云”。（见《顾随稼轩词说稿本·卷二》，河北教育出版社2017年版，第57页）

⑤陈鹄《耆旧续闻》云：“余谓后辈作词，无非前人已道底句，特善能转换尔。……辛幼安词‘是他春带愁来，春归何处，却不解、带将愁去’人皆以为佳，不知赵德庄《鹊桥仙》词云：‘春愁元自逐春来，却不肯、随春归去。’盖德庄又本李汉老杨花词‘蓦地便和春，带将归去’。大抵后之作者，往往难追前人。……”（载自陈鹄《西塘集耆旧续闻》，商务印书馆1936年版，第8页）

⑥二时粥饭：二时即早、中。此句出自赵州和尚之公案。赵州谂禅师示众：汝但究理，坐看三二十年，若不会，截取老僧头去！老僧四十年不杂用心，除二时粥饭，是杂用心处。顾随在解《中庸》时亦引用，并云“其实，二时粥饭也非是杂做法，亦仍在道上，在法上”。（载《顾随全集》卷七，2014年版）

⑦韦端己即韦庄，字端己。为晚唐诗人、词人。

⑧冯正中即冯延巳，五代江都府人，著名词人。

⑨禅宗六祖慧能之公案。《五灯会元·六祖慧能大师

者》述其行状"祖寓止廊庑间。暮夜。风扬刹幡。闻二僧对论。一曰幡动。一曰风动。往复酬答。曾未契理。祖曰，可容俗流辄预高论否。直以风、幡非动，动自心耳"。

⑩触磕：禅宗语。顾随《稼轩词说》《东坡词说》《揣龠录》用"触磕"处尤多。《稼轩词说》序言所言读诗之经验即"触磕"之例。又，顾随致周汝昌书信亦有言："儿时从先君子受唐诗，记诵而已。一日先君子为举放翁'小楼一夜听春雨，深巷明朝卖杏花'，触磕之下，始有作诗意。"（《顾随全集》卷九，第139页）刘熙载《艺概·卷四·词曲概》云："词中句与字，有似触着者，所谓极炼如不炼也。晏元献'无可奈何花落去'二句，触着之句也；宋景文'红杏枝头春意闹'，'闹'字，触着之字也。"刘熙载之"触着"与顾随之"触磕"，有相似之处，皆是指自然之相遇，然顾随除"触"外，更有"磕"字，更能状物我相遇之样态。且顾随此语来自禅宗，与刘熙载有些不同。

⑪典自苏轼《王定国诗集序》云："古今诗人众矣，而杜子美为首，岂非以其流落饥寒，终身不用，而一饭未尝忘君也欤？"

⑫见：对事物的观察、认识与理解，见识、见解之意。

⑬村夫子：乡村里的先生，村学究。

⑭高头讲章：经书正文上端留有较宽空白，刊印讲解文字，即"高头讲章"。

⑮应举：参加科举考试。

⑯制义：即八股文。《明史·选举志二》："其文略仿宋经义，然代古人语气为之，体用排偶，谓之八股，通谓之制义。"

⑰《临济玄禅师录》云："师因半夏上黄蘗，见和尚看经，师云：'我将谓是个人，元来是揞黑豆老和尚。'"揞黑豆，今释为"拣"。大约指依靠读经及文字来学禅，未得开悟。

江神子[①]

宝钗飞凤鬓惊鸾。望重欢，水云宽。肠断新来，翠被[②]粉香残。待得来时春尽也，梅结子[③]，笋成竿。　湘筠[④]帘卷泪痕斑。佩声闲，玉垂环。个里温柔，容我老其间。却笑平生三羽箭，何日去，定天山[⑤]。

此章是稼轩和韵[⑥]之作。看他集中此调前一章[⑦]也是这几个韵脚，明明注出和陈仁和[⑧]韵，便可证知。步线行针，左右逢源，直似原唱，技术之高，固已绝伦，而性情之真，尤见本色。[⑨]只如“待得来时”十三个字，又是值得读者身死气绝底句子也。夫所思者而不来，真乃无地可容，此生何为。若所思者而既来，则不只是哑子掘得黄金，而且天下掉下活龙，固宜一切圆满，无不如意矣。稼轩却曰“春尽也，梅结子，笋成竿”焉。是则一错既铸，百身莫赎，直合漫天地，可世界，成一个没量[⑩]大底没奈何也，如何而使读者不身为之死、气为之绝乎哉？不过不免又有人说是性情语，非学问[⑪]语。若有人真个以此为问，苦水则答之曰：所谓学问者何也？学问如有别解，则吾不敢知。若是会物我，了生死，明心性之谓，则稼轩此等处虽非学问语，却正是德山棒[⑫]，临济喝[⑬]手段。会底自然于棒下、喝下大澈大悟[14]去在。若于棒、喝下死去，虽未得向上关捩子[15]，尚不失为识痛痒[16]。若既不能死，又不肯活，痛痒亦复不知，正是所谓佛出也救不得，一个山东大兵[17]，又好中底用？若谓苦水于此，是为老辛辩护，即又不然。苦水原不曾说这个便是学问语。但是，千古诗人，说到学问，怕只有彭泽老子[18]一位。李太白、杜少陵，饶他两个"寤寐思服"，有时也还是"求之不得"。[19]争[20]怪得稼轩一人？况且稼轩一说到陶公，便一力顶礼赞美，顶礼得自然是心悦诚服，赞美得也是归根究底，莫只道他没学问好。

后片大意是说住在温柔乡中，便没日去定天山[21]。苦水却不肯他。温柔乡住得住不得，干他定天山何事？若是定得天山底人，住了温柔乡，也不碍去定[22]。如其不然，纵然不住温柔乡，天山依旧定不得。但如此说了，老辛还是不服输。要使他服输，不如说他文采不彰[23]。且道如何是彰底文采？开端"宝钗飞凤鬓惊鸾"是。亦且莫看他凤钗鸾鬓，"飞"字、"惊"字是句中眼[24]。要识取稼轩句法、字法，且不得放过。

读解：

一　苦水此篇构筑了一个诗人谱系，即陶渊明—李白杜甫—辛弃疾，乃是以"学问"为其基础与标准。何为"学问"，即会物我、了生死、明心性也。此乃人生第一等大事。世间唯一二素心人知之矣。稼轩亦浑在梦中。

二　此篇又云本色当行。此二词当时苦水承观堂而来，用以衡量古今诗作之基本视角也。

三　“春尽也，梅结子，笋成竿”，感慨颇深，可成名句。因是反思自身及至世间之思也。如米沃什之邮政局长梦中抓老虎之句，盖既已结子、成竿，便只能于追梦中念梅、笋也，此乃不可逆之时间之流中第一等悲哀也。《牡丹亭》里杜丽娘于暮春之伤已亦是为此。

四　“温柔乡”与“定天山”原本无碍，此亦是苦水之意。苦水评稼轩，乃是以稼轩仍只是世间之英雄，见识未必脱俗也。大英雄、圣人君子方晓得此境地。

五　苦水于稼轩有赞有弹，有肯有不肯。肯稼轩之句法字法，如“宝钗”句，“待得”句，皆是形象生动、跃跃然之句也。不肯稼轩境界不够扩大，如温柔与志向并非二元对立、舍此即彼也。苦水以担荷人生为念，为诗之底子，故敏感于此。故曰稼轩学问尚不够，因其尚不通透也。千古之诗人，亦只有陶渊明一人耳。不过稼轩此词当日必是平常写来，抒写性情而已，似不必过苛。然亦可见其人其学其心也。譬如今日网络微信之头像，盖世人内心之画、之肖像也。

六　此则与顾随讲义里说此词相对照，可见顾随之进境也。讲义对稼轩此词亦有胜意，如以“写柔情而用健笔”来解“水云宽”“粉香残”之句。“以健笔写柔情”之说大概便是出自此讲。又云“以《水浒传》笔法写《红楼梦》，以画李逵的笔调画林黛玉”，亦是此意。结尾与此则却不同，顾随释为稼轩之“有理想”。《词说》与《讲义》之不同，又可证顾随之随机说法吧。(《讲义》指《顾随讲宋词》)

七　“宝钗飞凤鬟惊鸾”直是一部戏剧。顾随讲辛弃疾，此句很是紧要，因此句是用《水浒传》笔法写《红楼梦》，老生唱青衣腔，武生走旦角步。顾随许为“词中只稼轩一人知道”(顾随讲、叶嘉莹笔记《传学：中国文学讲记》)，可细参此句也。

注释：

①又名《江城子》。

②翠被：织（或绣）有翡翠纹饰的被子。宋陆游《夜游宫·宫词》云：“独夜寒侵翠被，奈幽梦、不成还起。”

③《稼轩长短句》元大德三年广信书院刻本为“梅结子”，四卷本为“梅着子”。

④湘筠：湘竹。

⑤引薛仁贵之典。《新唐书·薛仁贵传》载：薛仁贵奉

旨讨伐铁勒九姓，敌方令骁骑数来挑战，仁贵连发三箭，射杀三人，九姓气慑而降。仁贵虑为后患，皆坑之。军中歌曰："将军三箭定天山，壮士长歌入汉关。"

⑥和韵：依照别人的诗作的原韵作诗。辛弃疾《江神子》有二首，第一首题为"和陈仁和韵"，此为第二首，题为"又"。

⑦指辛弃疾词《江神子》(玉箫声远忆骖鸾)。

⑧陈仁和即陈德明，字光宗，曾任仁和县令，故称作"陈仁和"。时谪居信州。辛弃疾闲居带湖，带湖位于信州郡治上饶，故多有唱和。辛弃疾集中有《江神子》《念奴娇》《水龙吟》等多首，皆是"和陈仁和韵"。

⑨前为当行、本行之意，后为本色。本色、当行，乃观堂《人间词话》所用。宋严羽《沧浪诗话·诗辩》："大抵禅道惟在妙悟，诗道亦在妙悟……惟悟乃为当行，乃为本色。"

⑩没量：形容数量很大。《敦煌变文集·父母恩重经讲经文》："十月之内，受无限难辛，三年之中，饮没量多血乳。"

⑪学问：学识。

⑫德山棒：《五灯会元》曰："德山禅师小参，示众云，今夜不答话，闲话者三十棒。"又示众云："道得三十棒，道不得亦三十棒。"德山禅师以下棒为参禅开悟之手段，故名"德山棒"。

⑬临济禅师以“喝”作为开悟之手段。《五灯会元》多处载之，如，“临济一日与河阳木塔长老同在僧堂内坐，正说‘师每日在街市掣风掣颠，知他是凡是圣?’师忽入来。济便问：‘汝是凡是圣?’师曰：‘汝且道我是凡是圣?’济便喝”。德山棒、临济喝，成为禅宗开悟手段之标志，亦是一桩公案。

⑭大澈大悟，亦作“大彻大悟”，彻底醒悟之意。

⑮关捩子：关键，紧要处。清冯班《钝吟杂录·严氏纠谬》：“沧浪只是兴趣言诗，便知此公未得向上关捩子。”

⑯痛痒：喻利害关系。

⑰指辛弃疾。

⑱彭泽老子即陶渊明。

⑲引自《诗经·周南·关雎》。

⑳争：怎么，如何。

㉑即上文薛仁贵定天山之事。

㉒顾随意为“出入自如”，亦即境界之意也。境界非仅为诗法，亦是世法。

㉓彰：显著。

㉔句中眼：诗句中最精练传神的一个字。亦作“句眼”。

破阵子

为陈同甫[①]赋壮词以寄之

醉里挑灯看剑，梦回[②]吹角连营。八百里[③]分[④]麾下[⑤]炙，五十弦翻塞外声。沙场秋点兵。　马作的卢[⑥]飞快，弓如霹雳弦惊。了却君王天下事，赢得生前身后名。可怜白发生！

右一章[⑦]各家词选太半[⑧]收录。苦水选时，几番想要割爱，终于保留。比来[⑨]说词，又几番要剔出，此刻仍然未能放过。有人读此词，嫌他直率，有人却又爱他豪放。是非未判，爱憎分明。苦水于此词，既是一手抬，一手搦[⑩]，于上二说亦是半肯半不肯。看他自开首“醉里”一句起，一路大刀阔斧，直至后片“赢得”一句止，稼轩以前作家，几见有此。若以传统底词法绳[⑪]之，似乎不谓之率[⑫]不可得也。苦水则谓一首词前后片共是十句，前九句真如海上蜃楼突起，若者为城郭，若者为楼阁，若者为塔寺、为庐屋，使见者目不暇给，待到“可怜白发生”，又如大风陡起，巨浪掀天，向之所谓城郭、楼阁、塔寺、庐屋也者，遂俱归幻灭，无影无踪[⑬]，此又是何等腕力，谓之为率，又不可也。复次，稼轩自题曰“壮词”，而词中亦是金戈铁马，大戟长枪，像煞是豪放。但结尾一句，却曰“可怜白发生”。夫此白发生，是在事之了却、名之赢得之前乎？抑在其后乎？苦水至今尚不能明了老辛意旨所在。如在其前，则所谓金戈铁马大戟长枪也者，仅是贫子梦中所掘得之黄金[14]，既醒之后，四壁仍然空空，其凄凉怅惘将不可堪。如在其后，则虽是二十年太平宰相，勋业烂然，但看看钟鸣漏尽，大限将临，回忆前尘，都成虚幻。饶他踢天弄井[15]本领，无奈他腊月三十日到来，于此施展手脚不得，此又是千古人生悲剧，其哀苦愁凄，亦当不得。谓之豪放，亦是皮相[16]之论也。夫如是，则白发之生于事之了却、名之赢得之前之后，暂可勿论。总而言之，统而言之，稼轩这老汉作此词时，其八识田[17]中总有一段悲哀种子[18]在那里作祟，[19]亦复忒煞可怜人也。其实又岂止此一首？一部《稼轩长短句》，无论是说看花饮酒，或临水登山，无论是慷慨悲歌，或委婉细腻，也总是笼罩于此悲哀的阴影之中。此理甚明，倘无此种子在八识田中作祟，亦无复此一部《长短句》也。不须苦水饶舌，读者自会去好。

抑更有进者，陶公号称千古隐逸诗人之宗，苦水却极肯朱晦翁[20]所下豪放二字批评[21]。又有一好友告我：昔时或逢愁来，不得开交，取陶诗读之，心便宁静。如今愁时读了，愈发摆布不下。此语于我心有戚戚焉。此理亦甚明，如果渊明老子只是一味恬适安闲，亦便不须再写诗也。同例，世人于老辛之为人，动是说他英雄，于其为词，动是说他粗豪，已是知人知面不知心。又有人说他填词是散仙入圣[22]。世之人要且只会他散仙，不会他入圣。如何是入圣底根苗？不得放过，细会去好。倘若会不得，画蛇添足，恰好有个譬喻。玄奘法师在西天时，见一东土扇子而生病。[23]又有一僧闻之，赞叹道："好一个多情底和尚。"病得好，赞叹得亦是。假如不能为此一扇而病，亦便不能为一藏经发愿上西天也。周止庵[24]曰："稼轩固是才大，然情至处，后人万不能及。"[25]又曰："稼轩敛雄心，抗高调，变温婉，成悲凉。"[26]苦水曰：如是，如是。

秦会之[27]有言："官职如读书，速则易终而少味。"[28]此语甚妙。如引而申之，不独似惜福之语，且亦大似见道之言也。张宗子[29]为其弟燕客作传[30]，亦引会之此语，且病[31]燕客以欲速一念，受卤莽灭裂之报，趣味削然[32]，不堪咀嚼。而结之曰："孰意吾弟之智，乃出秦桧下哉？"宗子是妙人，固应又有此妙语。这也不在话下。苦水则谓秦会之此语，不独是做官与读书之名言，如改速为好尽，亦可以之论文。要说辛老子为人，才情学识，原自旷代难逢。其填词亦尽有不朽之作。他原是谥忠敏底人，似乎不好与缪丑公[33]并论。但其填词底技术，有时大不如会之做官底体会。所以老辛有时亦如宗子令弟之趣味削然，不堪咀嚼。于此将不免为缪丑公所窃笑也。大概作文固当应有尽有，亦须应无尽无。稼轩之于词，大段不及晚唐之温、韦，北宋之晏、欧[34]，或者是他只作到应有尽有，而不曾理会得应无尽无之故，亦未可知。好好一部《稼轩长短句》，好好一位辛幼安，今日被苦水拉来，说东话西，且与会之相比，冤枉杀，冤枉杀。圣人有云：“不得中行而与之，必也狂狷乎。”[35]静安先生不亦曰稼轩“词中之狂”乎。[36]学人莫错会苦水意好。况且苦水如今写此词说，尚作不到应有尽有，有甚脸说他辛老子作不到应无尽无。

上卷说毕。续说下卷。

读解：

一　秦桧、张岱、顾随所云之“速”，可与卡尔维诺《新千年文学备忘录》之“快”相当也。

二　“悲哀的阴影”之论，可谓与稼轩直面相见。知此，方可读稼轩词。因“悲哀”乃是稼轩词之底色也。

三　“作文固当应有尽有，亦须应无尽无”之句，乃是此篇之眼也。悟得禅理者当得悟此文心。“应有尽有”较易，为世谛，“应无尽无”实难，为出世法。

四　此篇亦是苦水于稼轩之肯与不肯。所谓半肯半不肯是也。肯稼轩之情深，如此词虽豪放，但以悲哀为底子，故有万古愁升腾弥漫于其词，及至万古也。渊明亦是如此，故能感人。不肯稼轩写作之迅速，因秦桧“速则易终而少味”之语，云稼轩写来痛快，然缺少可停留涵咏处，余味薄且弱也。此词确乎速度快，然读后虽可感作者之感、之悲哀，却易抛却也。苦水云：应有尽有，应无尽无，却是写作之不易之理也，同于中国艺术之留白与减省也。

五　顾随以“健笔写柔情”为稼轩之断语，此篇即写稼轩之情，为悲哀，为多情，如《牡丹亭》之情至也。

注释：

①即陈亮。陈亮，字同父（同甫），婺州永康（今属浙江）人，称龙川先生，与稼轩志同道合，交往甚密，有诗词唱和。著有《龙川集》《龙川词》。

②梦回：梦醒。

③八百里：牛名。亦名“八百里驳”。南朝宋刘义庆《世说新语·汰侈》云：“王君夫有牛，名八百里驳，常莹其蹄角。王武子语君夫：‘我射不如卿，今指赌卿牛，以千万对之。’君夫既恃手快，且谓骏物无有杀理，便相然可，令武子先射。武子一起便破的，却据胡床，叱左右：‘速探牛心来！’须臾，炙至，一脔便去。”驳，骏马之称。八百里，状其善于奔驰。

④分：分享。

⑤麾下：部下。

⑥的卢亦作“的颅”，额部有白色斑点的马。刘备在荆州遇危，所骑的卢“一跃三丈”，因而脱险。《三国志·蜀志·先主传》注引《世语》云：“备屯樊城，刘表礼焉，惮其为人，不甚信用。曾请备宴会，蒯越、蔡瑁欲因会取备，备觉之，伪如厕，潜遁出。所乘马名的卢，骑的卢走，堕襄阳城西檀溪水中……的卢乃一踊三丈，遂得过。”此处用以形容骏马。

⑦右一章：即《破阵子》。因此词排列在正文之右。

⑧太半：大半，多半。

⑨比来：近来，近时。

⑩搦：按下。

⑪绳：木工用的墨线，引申为标准、法则，又引申为按一定的标准去衡量、纠正。

⑫率：轻易。

⑬无影无踪指此一番阅读之想象力亦可叹。

⑭掘得之黄金：即《花子拾金》一剧之事。

⑮踢天弄井：上天入地的事都能做。形容本事大，能力强。元秦简夫《东堂老》第二折：“你道有左慈术踢天弄井，项羽力拔山也那举鼎。”

⑯皮相：表面、不深入。

⑰八识田：谓八识产生之处，犹言胸中、心田。八识

为佛教法相宗术语。眼、耳、鼻、舌、身、意为前六识。亦名六根。末那为第七识，意谓执持我见。阿赖耶为第八识，意为藏，谓能藏一切法，即所谓神识、性灵，合称八识。

⑱种子：佛教语。瑜伽行派和法相宗等以草木种子之能产生相应的结果，比喻阿赖耶识中储藏有产生世界各种现象之精神因素。

⑲此句乃是一针见血，委实是稼轩诗文之核心所在。

⑳即朱熹。朱熹，字元晦，号晦庵、晦翁，南宋著名理学家。

㉑出自朱熹《朱子语类》云："陶渊明诗，人皆说是平淡，据某看他自豪放，但豪放来得不觉耳。"朱熹为辛弃疾好友。

㉒出自刘体仁《七颂堂词绎》云："辛稼轩非不自立门户，但是散仙入圣，非正法眼藏。"

㉓此为法显事。《东晋沙门释法显传》云："法显去汉地积年，所与交接悉异域人，山川草木，举目无旧，又同行分披，或流或亡，顾影唯己，心常怀悲，忽于此玉像边，见商人以一白绢扇供养，不觉凄然，泪下满目。"《高僧传》卷三有载："显同旅十余。或留或亡。顾影唯己。常怀悲慨。忽于玉像前见商人以晋地一白团绢扇供养。不觉凄然下泪。"顾随在《揣龠录》里亦举此公案："相传玄奘法师在西天见一东土扇子而病。（一说是法显大师事，莫理会。）

后来有一僧闻之赞叹曰：‘好一个多情底和尚。’苦水每逢上堂时其拈举遮一则公案，辄谓学人曰：病底大是，赞叹底也具眼。所以者何？倘奘师在异国见了故土底扇子而不能病，亦决不能为了大法而经过千山万水吃尽万苦千辛到西天去也。”“莫理会”三字或可见顾随之禅学，即“有是理”也。顾随课堂讲“多情”亦举此例，评曰：“此语真好。西天取经必须多情，心是热情的，不是凉的。只是‘多情’二字被后人用坏了。”（《传学》下册，第982页）

㉔即周济。周济，清文学家，字保绪，一字介存，号未斋，晚号止庵。江苏荆溪人。

㉕周济《介存斋论词杂著》云：“后人以粗豪学稼轩，非徒无其才，并无其情。稼轩固是才大，然情至处，后人万不能及。北宋词多就景叙情，故珠圆玉润，四照玲珑。至稼轩、白石，一变而为即事叙景，使深者反浅，曲者反直。”

㉖周济《宋四家词选》序云：“清真，集大成者也。稼轩敛雄心，抗高调，变温婉，成悲凉。碧山餍心切理，言近指远，声容调度，一一可循。”

㉗即秦桧。秦桧，字会之。

㉘《宋史·洪皓传》载：“皓既对，退见秦桧，语连日不止，曰：‘张和公金人所惮，乃不得用。钱塘暂居，而景灵宫、太庙皆极土木之华，岂非示无中原意乎？’桧不怿，谓皓子适曰：‘尊公信有忠节，得上眷。但官职如读书，速

则易终而无味，须如黄钟、大吕乃可。’”

㉙即张岱。张岱，字宗子，撰有《陶庵梦忆》等。

㉚见张岱《五异人传》。

㉛病：不满、责备。

㉜削然：形容空无所有。

㉝缪丑公：指秦桧。秦桧死后谥忠献，后改谥缪丑。

㉞此处指温庭筠、韦庄、晏殊、欧阳修也。

㉟《论语·子路》云：“子曰：‘不得中行而与之，必也狂狷乎！狂者进取，狷者有所不为也。’”

㊱王国维《人间词话》云：“苏、辛词中之狂。白石犹不失为狷。若梦窗、梅溪、玉田、草窗、西麓辈，面目不同，同归于乡愿而已。”

下卷

感皇恩

读《庄子》，闻朱晦庵即世[1]

案上数编书、非《庄》即《老》。会说忘言[2]始知道。万言千句，不自[3]能忘，堪笑。今朝梅雨霁[4]，青天好。　一壑一丘[5]，轻衫短帽。白发多时故人少。子云[6]何在？应有《玄经》遗草[7]。江河流日夜[8]，何时了。

曩与家六吉[9]论诗，六吉主无意，当时余颇不然[10]之。比来觉得“无意”两字，实有至理。盖诗一有意，非窄即浅，为意有竟[11]故。王静安先生论词，首拈境界，甚为具眼[12]。神韵失之玄，性灵失之疏，境界云者，兼包神韵与性灵，且又引而申之，充乎其类者也。樊志厚为《人间词乙稿》作序[13]，则又专标意境，且离[14]意境为二义。其言曰："古今人词之以意胜者，莫若欧阳公。以境胜者，莫若秦少游。至意、境两浑，则惟太白、后主、正中数人足以当之。"其评静安先生词曰："意、境两忘，物、我一体。"是樊之所谓意境者可知也。六吉之尤意，其即两忘与一体之谓乎？必能如是，乃始合乎静安先生所谓之有境界耳。老辛之词，决不傍人门户，变古则有之，学古则不肯。（集中虽亦有效"花间"[15]，效易安[16]之作，只是兴到之笔，却并非其致力所在。）其令人真觉有"不恨古人吾不见，恨古人不见吾狂"[17]之概，全仗一"意"字。但有时率直生硬，为世诟病，亦还是被此"意"字所累。才富情真，一触即发，尽吐为快，其流弊必至于此。如以此攻击稼轩，则何不思求全责备，古今能有几个完人？况且观过知仁[18]，也正不必为老辛回护。苦水写此词说，有时偶尔乘兴，捉他败阙[19]，其本意却在洗出庐山真面[20]，与世人共鉴赏之也。

此《感皇恩》一章，题曰《读〈庄子〉，闻朱晦庵即世》，明明是个截搭题[21]。若就文论文，此二事原本不必缠夹。譬如良朋高会，看花饮酒，其间不妨更衣便旋[22]，如写之于文，纪之以诗，便只有看花饮酒，而无更衣便旋也。今也稼轩却故故[23]将两件并不调和之事，扭在一起，则其有意可知，则其有意要作非复寻常追悼伤感底文字，亦复可知。再看他开端五句，一把抓住庄子（老子是宾，庄子是主，看题可知），轻轻开一玩笑，遂使这位大师，几乎从宝座上倒头撞下，也只是一个“意”字底作用。难道稼轩是不肯庄子？决不然，决不然。须知正是极肯他处。试看“今朝梅雨霁，青天好”，真正达到得意忘言境界，真正抉出蒙叟[24]神髓，难道不是极肯他？而且辛老子于此收起平日虎帐谈兵声口。忽然挥起麈尾，善谈名理，令人想起韩蕲王[25]当年骑驴湖上，寻僧山寺风度，果然大英雄非常人也。又有进者，吾人平时，一总是眼罩鱼鳞。心生乱草，遂而捏目生花，扭直作曲。即不然者，亦是许多知解情见，兴妖作怪。今也稼轩于“不自能忘”之下，轻轻将葛藤桩子放倒，放出“今朝梅雨霁，青天好”八个字。古德[26]有言：“此是选佛场，心空及第归。”[27]即此二语岂非即是心空？古德又言：“与桶底脱相似。”[28]即此二语岂非便是桶底脱？仅仅说他意、境两忘，物、我一体，已是屈他，若再作恬适安闲会去，屈枉杀这老汉[29]了也。待到过片[30]，“一壑一丘，轻衫短帽”，徐徐而来；“白发多时故人少”，渐渐提起；“子云何在，应有《玄经》遗草”，轻轻落题；“江河流日夜，何时了”，微微叹息。辛老子于此，真作到想多情少[31]地步。吾人难道还好说他有性情，没学问？若说虽有《玄经》遗草，而无补于江河日下，是稼轩对道学先生之微辞，若说稼轩既痛道学之无补，同时又悲自身功业之无成，所以一则曰“故人少”，再则曰“江河流”。苦水曰：也得，也得。要如此会，但不可仅如此会。若说此词好虽是好，只是有欠沉痛在。苦水曰：不然，不然。不见当年邓隐峰到沩山后，见沩山来，即作卧势。沩归方丈，师乃发去。少间，沩山问侍者："师叔在否？"曰："已去。"沩曰："去时有甚么语？"曰："无语。"沩曰："莫道无语，其声如雷。"[32]苦水于此，曾下一转语曰：何必如雷？总之，不是无语。如今要会取稼轩此词沉痛处么？向这一段公案细参去好。

读解：

一　稼轩此诗以"白发多时故人少"为沉痛，为其情绪所寄。以"今朝梅雨霁，青天好"为最高境界，然心似不能达也。因稼轩心有所系，不能完全物我两忘也。

二　"何时了"之句，有一"了"字，便不能了。如苦水常举之"透网金鳞"，若有一"透"字，便未能"透"。此为一理也。故稼轩未能了情。其实仍是"想少情多"，如若士之撰《牡丹亭还魂记》。苦水心热，证之过切也。

三　上半段，顾随批稼轩之有意，故意境有限；下半段，顾随赞稼轩之沉痛，正寓于无言。故也是个截搭题？

四　"莫道无语，其声如雷"乃是俗讲也。顾随意会之，故更上一层，云“何必如雷”。无声即是无声也。稼轩此词、顾随此解只需细细体会也。

注释：

①即世：去世。

②《庄子·外物篇》云：“言者所以在意，得意而忘言，吾安得夫忘言之人而与之言哉!”

③不自：自不。

④霁：雨停。

⑤一壑一丘：原指隐士居住之地。用作悠游山水之意。典出《世说新语·品藻》。

⑥即扬雄。扬雄字子云。《汉书·扬雄传》云：“实好古而乐道，其意欲求文章成名于后世，以为《经》莫大于《易》，故作《太玄》。”

⑦遗草：遗稿。

⑧谢朓《暂使下都赠西府同僚》云：“大江流日夜，客心悲未央。”杜甫《戏为六绝句》云：“尔曹身与名俱灭，不废江河万古流。”辛弃疾此句可释作兼有二意（悲伤与永恒）。

⑨六吉：顾随四弟，名顾谦，字六吉，辅仁大学美术系毕业，后在济南任教。顾随文中多有言及。

⑩然：以为对。

⑪竟：终了。

⑫具眼：有识别事物的眼力。宋严羽《沧浪诗话·考证》："杜诗中'师曰'者，亦'坡曰'之类，但其间半伪半真，尤为淆乱惑人，此深可叹。然具眼者，自默识之耳。"

⑬此序为王国维化名自撰也。

⑭离：分开。

⑮即《花间集》。

⑯即李清照。李清照，字易安，号易安居士，宋代词人。

⑰辛弃疾《贺新郎》云："甚矣吾衰矣。怅平生、交游零落，只今余几。白发空垂三千丈，一笑人间万事，问何物、能令公喜？我见青山多妩媚，料青山见我应如是。情与貌，略相似。　一尊搔首东窗里，想渊明《停云》诗就，此时风味。江左沈酣求名者，岂识浊醪妙理。回首叫、云飞风起。不恨古人吾不见，恨古人不见吾狂耳。知我者，二三子。"钱锺书《容安馆札记·八十四》录岳珂《桯史》卷三："辛稼轩自歌其《贺新郎》词警句有云：'我见青山多妩媚，料青山见我应如是。'又云：'不恨古人吾不见，恨古人不见吾狂耳。'又《永遇乐》云云。问客使摘其疵，客措一二词，不契其意，又弗答，挥羽四视不止。余时年少，勇于言，率然对曰：'前篇豪视一世，独首尾二腔，警语差

相似；新作微觉用事多耳。’辛大喜”云云。按用事多乃稼轩病痛所在，每有“点鬼簿”之恨。“古人不见”云云，世所传诵，实本之《南齐书·卷四十一·张融传》：“融叹曰：‘不恨我不见古人，恨古人不见我。’又曰：‘非恨臣无二王法，亦恨二王无臣法。’又《门律自序》曰：‘夫文岂有常体，但以有体为常，政当使常有其体。’”盖其句样如是。《洛阳伽蓝记》：“元琛谓王融曰：‘不恨我不见石崇，恨石崇不见我。’”亦此类也。

⑱观过知仁：察看一个人所犯过错的性质，就可以了解他的为人。语出《论语·里仁》：“人之过也，各于其党，观过，斯知仁矣。”

⑲败阙：犹过失。

⑳庐山真面：本来面目。语出苏轼《题西林壁》诗：“不识庐山真面目，只缘身在此山中。”

㉑截搭题：旧时考试将经书语句截断牵搭作为题目。

㉒更衣便旋：小便。更衣：古时大小便之代称。便旋：小便，撒尿。宋洪迈《夷坚乙志·庄君平》：“一夕寒甚，叟起，将便旋，为捧溺器以进。”

㉓故故：故意，特意。宋徐铉《九月三十夜雨寄故人》诗：“别念纷纷起，寒更故故迟。”

㉔蒙叟指庄子。《史记·老子韩非列传》云：“庄子者，蒙人也，名周。周尝为蒙漆园吏。”故常以蒙吏、蒙叟代

称。唐岑参《河西太守杜公挽歌》之一云："蒙叟悲藏壑，殷宗惜济川。"

㉕韩蕲王即韩世忠。韩世忠，字良臣，宋延安人，曾以水师八千阻金兵十万渡江，与金兀术等相持于黄天荡四十天，后又大破金军于大仪镇，时论以此举为中兴武功第一。后又扼守淮河达七八年之久，以三万军屡败伪齐及金兵。又因岳飞屈死之事面诘秦桧；所言既不被采纳，故自辞职三年闭门谢客；只身骑驴游荡于山水之间，于1151年含愤而死。孝宗时追封蕲王。

㉖古德：佛教徒对年高有道高僧的尊称。《景德传灯录·诸方广语》："先贤古德，硕学高人，博达古今，洞明教网。"顾随常用此语，亦是受《五灯会元》《古尊宿语录》等禅宗语录之影响。

㉗此典出自丹霞天然之公案。丹霞天然初习儒业，科举途中遇禅客，云"选官何如选佛"？丹霞有悟，遂寻马祖。庞居士偈云："十方同聚会，个个学无为。此是选佛场，心空及第归。"

㉘此语出自雪峰义存禅师向岩头禅师述其与德山禅师之对话："后问德山：'从上宗乘中事，学人还有分也无？'德山打一棒，曰：'道什么？'我当时如桶底脱相似。"桶底脱，禅宗语，指彻悟。《续传灯录》卷十七载："师一日入厨看煮面次，忽桶底脱，众皆失声曰：'可惜许！'师曰：'桶

底脱自合欢喜，因什么却烦恼?’僧曰:‘和尚即得。’师曰:‘灼然可惜许，一桶面!’”宋大慧宗杲有“桶底脱时大地阔，命根断处碧潭清”之句。

㉙老汉：老人。

㉚过片：又作过遍。也称过拍。词的第二段的开头。

㉛此语出自《楞严经》。

㉜见《五灯会元·五台隐峰禅师》。

青玉案

元夕

东风夜放花千树。更吹落、星如雨。宝马雕车香满路。凤箫声动，玉壶光转，一夜鱼龙舞。　　蛾儿[①]雪柳黄金缕[②]。笑语盈盈暗香去。众里寻他千百度。蓦然回首，那人却在，灯火阑珊处。

静安先生《人间词话》曰："古今之成大事业、大学问者，必经过三种之境界。'昨夜西风凋碧树。独上高楼，望尽天涯路。'此第一境也。'衣带渐宽终不悔，为伊消得人憔悴。'此第二境也。'众里寻他千百度。回头蓦见，那人却在，灯火阑珊处。'此第三境也。"此三种境界，若依衲僧[③]参禅[④]功夫论之，则一是发心，二是行脚，三是顿悟。[⑤]苦水如此说，且道是会不会？是具眼不具眼？若道不会、不具眼，苦水过[⑥]在什么处？请会底与具眼底人别下一转语。假若苦水是会，是具眼，纵然得到静安先生印可[⑦]，与上举三段词，又有甚交涉[⑧]？静安亦曾理会到此，所以又道："遽以此意解释诸词，恐为晏[⑨]、欧[⑩]诸公所不许也。"如今苦水亦只好就词论词，另起一番葛藤。一首《青玉案》，题目注明是《元夕》，写鳌山，写烟火，写游人，写歌舞，写月光，写闹蛾儿与雪柳，若是别一个如此写，苦水便直截[11]以热闹许之。但以稼轩之才情、之功力论之，苦水却嫌他热闹不起来。莫道老辛于此江郎才尽好。须知他当此之际，有不能热闹起来的根芽[12]在。要会这根芽，只看他结尾四句便知。夫“众里寻他千百度”，则其此夕之出，只为此事，只为此人，彼鳌山、烟火、游人、歌舞、月光、闹蛾儿与雪柳也者，于其眼中心中也何有？此人而在，此事而成，鳌山等，有也得，无也得。此事而不成，此人而不在，鳌山等，只见其刺目伤心而已。热闹云乎哉？鳌山等，今也亦姑置之，而那人固已明明在灯火阑珊处矣，又将若之何而可？稼轩平时，倾心吐胆与读者相见，此处却戛然而止，留与读者自家会去。吾辈且不可辜负他。夫那人而在灯火阑珊处，是固不入宝马雕车之队，不遂盈盈笑语之群，为复是闹中取静？为复是别有怀抱？为复是孤芳自赏？要之，不同乎流俗，高出乎侪辈，可断言。此亦姑置之。若夫“蓦然回首”，眼光霍地一亮，而于灯火阑珊之处而见那人焉，此时此际，为复是欣慰？为复是酸辛？为复是此心跨[13]跳，几欲冲口而出？不是，不是，再还他一个不是。读者细细体会去好。莫怪苦水不说。倘若体会不出，苍天，苍天！[14]倘若体会得出，不得呵呵大笑，不得点点泪抛，只许于甘苦悲欢之外，酿成心头一点，有同圣胎，须得好好将养，方不辜负辛老子诗眼文心。东坡谓柳仪曹南涧诗[15]，“忧中有乐，乐中有忧”，千古绝调。试移此评以评此词，并持柳诗与此词相较，依然似是而非，嫌他忒煞孤寂，有如住山结茅。杜少陵诗曰“摘花不插鬓，采柏动盈掬，天寒翠袖薄，日暮倚修竹”[16]，似之矣，嫌他忒煞客观。韩翰林诗曰“轻寒着著雨凄凄，九陌无尘未有泥。还是平时旧滋味，漫垂鞭袖过街西”[17]，似之矣，嫌他忒煞寒酸。有一比丘尼得道之后，作得一偈曰“镇日寻春不见春，芒鞋踏遍岭头云。归来笑捻梅花嗅，春在枝头已十分”[18]，最近之矣，嫌他忒煞沾沾自喜。虽然，纵使苦水写得手酸腕痛，说得舌敝唇焦，要不是末后一句。倘遇好事者流问：末后一句如何说，如何写？苦水将不惜口孽，分明说似[19]，谛听，谛听“众里寻他千百度。蓦然回首，那人却在，灯火阑珊处”覃[20]。

结尾尚有不能已[21]于言者，画蛇仍要添足。其一，静安先生虽说是第三境，且不可做第三境会。此与大学问、大事业无干。其二，苦水为行文便利，用此语录体裁，且不可作禅会，此与禅宗没交涉。其三，此是文心中一种最高境界，千古秘密，偶被稼轩捉来，于笔下露出些子端倪，钉住虚空，截断众流。苦水词说只是戏论，堪中底用。学人且自家会去。

读解：

一　“不能热闹起来的根芽”句，“根芽”即是悲哀。也即“悲哀”乃是稼轩词之底色，故热闹中有悲哀，繁华里有寥落。此乃苦水以稼轩为伟大，为有意味之处也。

二　苦水将数诗一一比较而来，评其优劣，唯有稼轩此词之意最高，故云“此是文心中一种最高境界”也。

三　“酿成心头一点”之意甚好。“心头一点”即是文心诗眼。

四　稼轩此词与柳宗元诗、尼姑偈相较，顾随说得舌燥。其实只二字好处，即是“韵长”也。

五　结穴处三不可会，恰是苦水之本意，即需且要“自家会去”。或六祖云“密在汝边”。说到底，苦水词说乃是禅说也。

六　结穴亦是“似即似，是即不是”之意也。

注释：

①蛾儿：古代妇女于元宵节前后插戴在头上的剪裁而成的应时饰物。王夫之《杂物赞·活的儿》云：“以乌金纸剪为蛱蝶，朱粉点染，以小铜丝缠缀针上，旁施柏叶。迎春，元日，冶游者插之巾帽，宋柳永词所谓‘闹蛾儿’也；

或亦谓之‘闹嚷嚷’。”

②雪柳黄金缕：宋代妇女在立春日和元宵节时插戴的一种绢或纸制成的头花。《宣和遗事》前集云：“少刻，京师民有似雪浪，尽头上戴着玉梅、雪柳、闹蛾儿。”雪柳黄金缕，即是一种以金为饰的雪柳。李清照《永遇乐》词：“记得偏重三五：铺翠冠儿，捻金雪柳，簇带争济楚。”

③衲僧：和尚。

④参禅：禅宗的修持方法。顾随以此取喻。

⑤对王国维三境界之论，解说甚多，顾随以禅语拟之，恰恰也。

⑥过：错。

⑦印可：佛家谓经印证而认可，禅宗多用之。亦泛指同意。清袁枚《随园诗话》卷三云：“余不觉大笑，而首肯者再，喜师弟之印可也。”

⑧交涉：关系，牵涉，禅宗多用此语。

⑨晏：指晏殊。

⑩欧：指欧阳修。

⑪直截：简单明白。《朱子语类》卷四云：“恐孟子见得人性同处，自是分晓直截，却于这些子未甚察。”

⑫根芽：根源，根由。亦即前文所云悲哀之种子之意。

⑬踔：蹦。

⑭苍天：老天。此词亦为禅宗之常用语。《五灯会元》

述同安丕禅师行状：师看经次，见僧来参，遂以衣袖盖却头，僧近前作吊慰势，师放下衣袖，提起经曰："会么?"僧却以衣袖盖头。师曰："苍天！苍天!"

⑮柳仪曹：柳宗元的别称。世称礼部郎官为仪曹，柳曾任礼部员外郎，故称。南涧诗即柳宗元《南涧中题》，诗云："秋气集南涧，独游亭午时。回风一萧瑟，林影久参差。始至若有得，稍深遂忘疲。羁禽响幽谷，寒藻舞沦漪。去国魂已远，怀人泪空垂。孤生易为感，失路少所宜。寂寞竟何事，徘徊只自知。谁为后来者，当与此心期。"苏轼评曰："南涧诗忧中有乐，乐中有忧，盖妙绝古今矣。"(《唐宋诗举要》卷一)

⑯杜甫《佳人》诗云："绝代有佳人，幽居在空谷。自云良家子，零落依草木。关中昔丧乱，兄弟遭杀戮。官高何足论，不得收骨肉。世情恶衰歇，万事随转烛。夫婿轻薄儿，新人美如玉。合昏尚知时，鸳鸯不独宿。但见新人笑，那闻旧人哭？在山泉水清，出山泉水浊。侍婢卖珠回，牵萝补茅屋。摘花不插鬓，采柏动盈掬。天寒翠袖薄，日暮倚修竹。"

⑰此诗为韩偓《初赴期集》。韩偓，唐代诗人，有"一代诗宗"之称。"期集"指唐宋时进士及第后按惯例聚集游宴。韩偓此诗以冷写"登第"之热。

⑱出自宋罗大经《鹤林玉露》。此诗为著名禅诗，多

用以印证法从自身求得之意，与“众里寻他千百度”之句意思相近，但依此处顾随言，尚有沾沾自喜之态，未为彻悟也。顾随在《禅与诗》之演讲中，以读到此诗为自身与禅之第二因缘。

⑲说似：说明，指示。

⑳詈：句末语气词，相当于“呢”“哩”。

㉑已：止。

临江仙

手捻黄花无意绪[1]，等闲行尽回廊。卷帘芳桂散余香。枯荷难睡鸭，疏雨暗添[2]塘。　　忆得旧时携手处，如今水远山长。罗巾[3]浥泪[4]别残妆。旧欢新梦里，闲处却思量。

一首《临江仙》六十个字，而前片“手捻”，后片“携手”，复“手”字；前片“等闲”，后片“闲处”，复“闲”字；后片“旧时”“旧欢”，复“旧”字；“携手处”“闲处”，复“处”字。稼轩才大如海，其为长调，推波助澜，担山赶日，不曾有竭蹶[5]之象，何独至此小令，遂无腾挪？岂能挟山超海而不能折枝乎？此正是辛老子豁达处，细谨不拘，大行[6]无亏也。

“枯荷难睡鸭，疏雨暗添塘”，纯是晚唐人诗法。出句写得憔悴[7]，对句写得凄凉，“难”字“暗”字，俱是静中一段寂寞心情底体验。学辛者一死向粗处疏处印定[8]去，合将去，何不向这细处密处，一着眼一用心耶？然而苦水如是说，只是借此十字因病下药，一部稼轩长短句，要且不可只在一联两联佳句上会去。老辛岂是与人争胜于一字一句底作家？所以苦水平日又说：与其会佳句，不如会警句。佳句只是表现情景一点小小文字技术，若于此陷溺下去，饶你练到宜僚弄丸[9]，郢人运斤[10]手段，也还是小家子气。若夫警句，则含有静安先生[11]所谓意境者在。“警句”二字，亦是假名[12]，又不可认定“警”字，一味向险处怪处会去。即如此《临江仙》一章，与其取此“枯荷”一联，何如细参开端“手捻黄花无意绪，等闲行尽回廊”两句？“无意绪”之上而冠之以“手捻黄花”，“回廊”之上而冠之以“等闲行尽”，不独俨然是葩经[13]“爱而不见，搔首踟蹰”[14]气象，而且孤独寂寞之下，绵密蕴藉之中，又俨然是灵均[15]思美人、哀众芳底心事。如但震于“枯荷”一联之烹炼[16]，而忽视开端二语之淡雅，殊未见其可。

读解：

一　苦水“警句”“佳句”之语甚是。可浮一大白。“枯荷”句虽好，但是求新求奇，故无韵味也。或是唐人二流水平也。未若第一句无意写来，却栩栩如生也。第一句好处在，其一，甚状物；其二，写至十分又增一分，正如本“无意绪”却“手捻黄花”，本“回廊”，恰是“行尽”，皆是极笔也。禅语云：百尺竿头，更进一步。苦水所云警句，警非“怪”也，而是更其深入，发人之所未发，故细思之，便石破天惊也。

二　勿论“佳句”“警句”，皆不可死于句下也。

三　警句即是诗眼也。

四　结穴处评“淡雅”二字，尤值得深思。自在当行均是。“枯荷难睡鸭，疏雨暗添塘”句，为当行但不自在，“难”“添”皆是用力、费力。不如首句之娓娓道来，亦是逶逶行来。

五　全词皆由“手捻黄花”之开端而发动。形象宛然，故词意便如此女子一路迤逦而来，直至回到梦境。抑或此情此景本身即是梦之一部分，由“黄花”招引而来也。

注释：

①意绪：心意，情绪。五代徐铉《柳枝辞》之十二云：“唯有美人多意绪，解依芳态画双眉。”

②广信书院本作“池”。此处为“添”，为王诏校刊本及四印斋本。

③罗巾：丝制手巾。

④浥泪：被泪水沾湿。

⑤蝎蹶：颠扑倾跌，行步匆遽貌。

⑥大行：大事。语出《史记·项羽本纪》：“大行不顾细谨，大礼不辞小让。”

⑦憔悴：忧愁，困苦。

⑧印定：固定不变。

⑨宜僚弄丸：宜僚为春秋时楚之勇士，姓熊，居于市

南，因号曰市南子。楚白公胜谋作乱，将杀令尹子西。以宜僚勇士，可敌五百人，遂遣使屈之。宜僚正上下弄丸，既不为利谄，又不为威惕，卒不从命。宜僚弄丸多用于以中立之姿态解决纠纷。《庄子·徐无鬼》：“市南宜僚弄丸，而两家之难解。”顾随引此典则不同，其意在于“弄丸”之专注。

⑩郢人运斤：典出《庄子·徐无鬼》，“郢人垩慢其鼻端若蝇翼，使匠石斫之。匠石运斤成风，听而斫之，尽垩而鼻不伤，郢人立不失容”。后多以郢人为知己之代名词。顾随此处所取，乃是技术之精之意。

⑪即王国维。

⑫假名：佛教语。谓不能反映实际的概念、语言。唐慧能《坛经·定慧品》：“自识本心，自见本性，即无差别，所以立顿渐之假名。”

⑬葩经：即诗经。语本唐韩愈《进学解》：“《诗》正而葩。”故后世称《诗经》为“葩经”。

⑭《诗经·静女》云：“静女其姝，俟我于城隅。爱而不见，搔首踟蹰。”

⑮即屈原。《楚辞·离骚》：“名余曰正则兮，字余曰灵均。”

⑯烹炼：提炼、锤炼。

鹧鸪天

鹅湖归病起作

枕簟[①]溪堂冷欲秋。断云依水晚来收。红莲相倚浑如醉，白鸟无言定自愁。　　书咄咄，且休休。一丘一壑也风流。不知筋力衰多少，但觉新来懒上楼。

曹公诗曰：“老骥伏枥，志在千里；烈士暮年，壮心不已。”真是名句，必如是，始可谓之为慷慨悲歌耳。然而虽曰“志在千里”，无奈仍是“伏枥”。虽曰“壮心不已”，其奈[②]已到“暮年”。千古英雄，成败尚在其次。惟有冉冉老至，便是廉颇能饭，马援据鞍，[③]一总[④]是可怜可悲。倒是稼轩此《鹧鸪天》一章，有些像一个老实头[⑤]，既本分，又本色，遂令人觉得“志在千里”“壮心不已”之为多事也。且道如何是稼轩老实头处？《老学庵笔记》记上官道人之言曰：“为国家致太平与长生不死，皆非常人所能。然且当守国使不乱，以待奇才之出；卫生使不夭，以须异人之至。不乱不夭，皆不待异术。惟谨而已。”苦水理会得甚的叫作治天下与长生？今日且权假此一则话头来谈文，且与天下学人共做个商量。大凡为文要有高致，而且此所谓高致，乃自胸襟见解中流出，不假做作，不尚粉饰，亦且无丝毫勉强，有如伯夷柳下惠风度始得。不然，便又是世之才子名士行径，尽是随风漂泊底游魂，依草附木底精灵，其于高致乎何有？但奇才异人，间世而一出，吾人学文固须识好丑，尤不可不知惭愧。是以发愿虽切，着眼虽高，而步武[⑥]却决不可乱，则谨是已，所谓老实头也。耳之所闻，目之所见，心之所感，虽一草一木，一花一叶，一毫端，一微尘，发而为文，苟其诚也，自有其不可磨灭者在，又何必定要鞭笞鸾凤，呼吸风雷，始为惊世骇俗底神通乎？依此努力，堆土为山，积水成河，久而久之，自有脱胎换骨白日飞升之日。否亦不失为束身自好之君子。如其不然，躁急者趋于叫嚣，庸弱者流于肤浅；自命为才情，自号为风雅，其俗尤不可耐，则不肯守国使不乱，卫生使不夭之害也。尚何有乎治天下与长生不死也耶？葛藤半日，毕竟于此小词何处见得稼轩之谨、之老实？夫稼轩之人为英雄，志在用世，尽人而知。今也谢事[⑦]归来，老病侵寻[⑧]，其为此词，微有叹惋，无大感慨，已自难能。且也不学仙，不学佛。是以既不觅长生不死之药，亦不求解脱生死底禅，只将老年情味，酿作一杯清酒，结成一个橄榄，细细品嚼，吞咽下去。亦常人，非仙佛故；亦英雄，能担荷故。总之，老实到家而已。所以开头二语，尽去渣滓，大露清光。“红莲”一联，更为婉妙。夫“红莲相倚”之“如醉”固已；至若“白鸟”之“无言”，何以知其是愁，且又加之以“定”耶？然而说“定”便决是定也。换头以下三句，不见得好，承上启下，只得如此。待到结尾两句，却实在好。但细按之，此有何好？亦只是不慌不诈，据实报销，又是道道地地老实头也。况《蕙风》[9]曰：“‘不知’二句入词佳，入诗便稍觉未合，词与诗体格不同处，其消息即此可参。”苦水曰：如此没要紧语，说他则甚？假使真个向者里参去，即使会了，又有甚干涉？倒是《白雨斋词话》[10]说他“信笔写去，格调自苍劲，意味自深厚，不必剑拔弩张，洞穿已过七札”，有些儿道着也。

读解：

一　顾随又言“高致”，即“老实头”，即真诚，即担荷也。所谓“自胸襟见解中流出”，亦为禅宗语也。“自胸襟见解中流出”一语，为顾随词学核心之一，且又是其禅学核心之一。故顾随词学即禅学也。《五灯会元·雪峰义存禅师》云雪峰与岩头事，岩头语：“他后若欲播扬大教，一一从自己胸襟流出，将来与我盖天盖地去。”此语既是自证境界，亦是修行之门径。

二　结穴处引《蕙风词话》与《白雨斋词话》，可知苦水之渊源，人间、介存斋之外，以此二家为深也。

注释：

①簟：竹席。

②其奈：怎奈，无奈。亦作“其那”。宋杨万里《乙酉社日偶题》诗：“也思散策郊行去，其奈缘溪路未干。”

③此二词皆指老当益壮、思建功业之意。“廉颇能饭”出自《史记·廉颇蔺相如列传》：“廉颇居梁，久之，魏不能信用。赵以数困于秦兵，赵王思复得廉颇，廉颇亦思复用于赵。赵王使使者视廉颇尚可用否。廉颇之仇郭开，多与使者金，令毁之。赵使者既见廉颇，廉颇为之一饭斗米、肉十斤，被甲上马，以示尚可用。赵使还报王曰：‘廉将军虽老尚善饭，然与臣坐，顷之，三遗矢矣。’赵王以为老，遂不召。”辛弃疾《永遇乐·京口北固亭怀古》：“凭谁问，廉颇老矣，尚能饭否？”“马援据鞍”出自《后汉书·马援传》：“建武二十四年，援年六十二，请求率兵出征武陵五溪蛮夷，光武帝念其老，未允。援自请曰：‘臣尚能披甲上马。’帝令试之。援据鞍顾眄，以示可用。帝笑曰：‘矍铄哉，是翁也！’遂遣援。”《三国志·魏志·满宠传》：“昔廉颇强食，马援据鞍。”北周庾信《为阎大将军乞致仕表》：“虽复廉颇强饭，马援据鞍，求欲报恩，何能为役。”

④一总：全部，通通。

⑤老实头：忠厚规矩的人。

⑥步武：脚步。宋陆游《道室杂咏》之一：“岂但烟霄随步武，故应冰雪换形容。”

⑦谢事：辞职。宋苏辙《赠致仕王景纯寺丞》诗：“潜

山隐君七十四，绀瞳绿发方谢事。”

⑧侵寻：渐进，渐次发展。亦作“侵浔”。明归有光《乞致仕疏》：“见今病势侵寻，不能前迈，伏乞圣恩，容臣休致。”

⑨即况周颐，晚清词人，字夔笙，又字揆孙，别号玉梅词人，晚号蕙风词隐、阮盦、阮堪。撰有《蕙风词话》。

⑩《白雨斋词话》：清陈廷焯撰，常州词派理论代表作之一。

鹊桥仙

己酉山行书所见

松冈避暑，茅檐避雨，闲去闲来几度。醉扶怪石看飞泉，又却是、前回醒处。　东家娶妇，西家归女，灯火门前笑语。酿成千顷稻花香，夜夜费、一天风露。

周止庵曰：“苏辛并称，苏之自在处，辛偶能到；辛之当行处，苏必不能到。”[①]知言哉，知言哉。稼轩性情、思致、才力，俱过人一等，故其发之于词也，或透穿七札[②]，或光芒四照，而浑融圆润，或隔一尘，故宜其多当行而少自在。即如此《鹊桥仙》一章，岂非可谓为作之自在者，然而细按下去，便觉得仍是当行有余，自在不足。夫“松冈”“茅檐”，“避暑”“避雨”，旧时数曾“闲去闲来”，岂非自在？然而“醉扶怪石看飞泉”，只缘“怪”字“飞”字，芒角[③]炯炯，遂使“扶”字“看”字，亦未免着迹露象。至“又却是、前回醒处”，草草看去，亦只是寻常回忆，但“又却是”三个极平常字，使人读之，又觉得有如少陵所谓“万牛回首丘山重”[④]。如此小景，如此琐事，如此写去，狮子搏象用全力，搏兔亦用全力，如是，如是。至于“东家娶妇，西家归女”，本是山村中极热闹场面，“灯火门前笑语”，短短一句，轻轻托出，而情景宛然，岂非自在？但“酿成千顷稻花香，夜夜费、一天风露”两句，虽极力藏锋，譬之颜平原⑤书小字《麻姑仙坛记》，浑厚之中，依然露出作大字时握拳透爪意度。所以稼轩此处用“酿成”、用“费”、用“千顷”、用“一天”，仍是当行而非自在。要其功力情致，能以自举其坚，世之人遂有只以自在目之者耳。若以恬适⑥视之，则去之益远。所以者何？稼轩这老汉有时虽能利用闲，却一生不会闲。但如要说他不会，不如说他不肯会。这老汉如何肯在无事甲坐地⑦乎？苦水平时读山谷诗，最不喜他“看人获稻午风凉”一句。觉得者位大诗人不独如世所谓严酷少恩，而且几乎全无心肝。获稻一事，头上日晒，脚下泥浸，何等辛苦？“午风凉”三字，如何下得？可见他是看人，假使亲手获稻，还肯如此写、如此说么？苦水时时疑着天下之所谓恬适者，皆此之类。试看陶公“种豆南山下”一章诗，是怎底一个意态胸襟？便知苦水说山谷全无心肝之并非深文周内⑧也。闲话休提，如今且说稼轩此二语所以并非恬适，不是自在底原故。夫“娶妇”“归女”，“灯火”“笑语”，像煞一个太平景象矣。然而要“千顷稻花香”，也须是费他夜夜“一天风露”始得。不见六一⑨《丰乐亭记》道：“幸生无事之时也。”若是常人，幸生便了，稼轩则非常人也，自然胸中别有一番经纶⑩，教他从何处自在起？从何处闲起？从何处恬适起？

然则辛词只作到个当行即得，不自在也罢。

读解：

一　自在、当行之说，由介存斋引起，苦水又费此工夫解说。稼轩因担荷人生，故无以自在也。或者说，稼轩仍是用力过多，故而难以获自由之境界也。稼轩之用力处，又只是由“怪”“飞”二字而知之。词亦由心生，非惟相也。

二　在说辛讲义里，顾随又释云“自在是自然、不费力；当行是出色、费力”“辛词当行多，自在少”。然稼轩亦有又自在又当行之作。(《顾随说宋词》)

三　此则批黄山谷诗，可以观堂《人间词话》之“诗人必有轻视外物之意，故能以奴仆命风月。又必有重视外物之意，故能与花鸟共忧乐。”参之。

注释：

①引自周济《介存斋论词杂著》。

②七札：七层铠甲。札，甲的叶片。《白雨斋词话》云辛弃疾“洞穿已过七札”，参见上则词说。

③芒角：棱角。指人的锋芒或锐气。

④此句出自杜甫诗《古柏行》。

⑤颜平原即颜真卿，唐代政治家、书法家。曾任平原

太守，故称“颜平原”。

⑥恬适：安适。

⑦此处可引顾随《〈中庸〉发端》所释：“禅宗有‘平实’一派，后人讥之曰‘无事甲里坐地’。……‘无事甲里坐地’，白受罪也没干了什么。”

⑧深文周内：歪曲或苛刻地援引法律条文，陷人以罪。

⑨六一即欧阳修。欧阳修，唐代政治家、文学家，字永叔，自号醉翁，晚号六一居士。

⑩经纶：指治理国家的抱负和才能。

鹊桥仙

赠鹭鸶

溪边白鹭，来吾告汝：溪里鱼儿堪数。主人怜汝汝怜鱼，要物我、欣然一处。　　白沙远浦，青泥别渚，剩有虾跳鳅舞。听君飞去饱时来，看头上、风吹一缕。

词中有所谓俳体者，颇为学人诟病。苦水却不然。窃以为俳体除尖酸刻薄、科诨打趣及无理取闹者外，皆真正独抒性灵之作也。以其人情味独重故。词之初兴，作者本无以正统文学自居之观念，且亦无取诗而代之之野心。俳体虽不为士大夫所尚，而亦不为士大夫所鄙弃，间有所作，其高者真有当于温柔敦厚之旨。如只以清新活泼目之，尚是皮相之论也。自白石、梦窗而后，一力趋于清真雅正，吾亦不识其所谓清真雅正，果到如何程度？要之学力日深，天机日浅，而吾之所谓俳体者，乃遂窒息以死于士大夫之笔下矣。是真令人不胜其惋惜之至者也。即如稼轩此词，忽然对着鹭鸶大开谈判，大发议论，岂不即是俳体？然而何其温柔敦厚也。是盖不独为俳体词之正宗，即谓为一切词皆应如此作，一切诗文皆应如此作，即作人亦应如此作，亦何不可之有？开端二语，莫单单认作近代修辞学中之拟人格，情真意挚，此正是静安先生所谓之“与花鸟共忧乐”[①]，亦即稼轩词中所谓之“山鸟山花好弟兄”[②]也。“溪里鱼儿堪数”，写得可怜，便有向白鹭告饶之意。至“主人怜汝汝怜鱼，要物我、欣然一处”，辛老子胸襟见解，一齐倾倒而出，不须苦水饶舌。然白鹭生性，以鱼为养，如今靳[③]其食鱼，岂非绝其生路？主人怜鱼，固已。若使鹭也怜鱼，则怜鹭之谓何也？是以过片又听其飞去沙浦泥渚，尽饱虾鳅，且嘱其饱食重来，何以故？怜之也。此等俳体，是何等学问，民胞物与[④]，较之谈风月，说仁义，是同是别？不此之会，而徒以游戏视之，错下一转语，五百世堕野狐身，更不须说，吃棒有分。或有人问：审如辛言，为主人，为鹭，为鱼计已三得。奈虾鳅何？不见当年世尊在室罗筏城祇园精舍，为大众演说戒杀，亦令比丘食五净肉[⑤]。且曰：“为婆罗门地多蒸湿，加以沙石，草莱不生。我以大悲神力所加，因大慈悲，假名为肉，汝得其味。”[⑥]如今辛老告彼白鹭，听饱虾鳅，亦同此义。然如此说，是出世法。如依世法，则彼虾鳅，只堪鹭食。譬如莳[⑦]花，必芟恶草，佳花始茂。倘若怜草，如何怜花？倘若怜花，无须怜草。鹭饱虾鳅，其义犹是。颇有人问：葛藤至是，有剩义无？苦水应曰：今我所说，至是为止，皆是剩义[⑧]，非第一义[⑨]。如何方是其第一义？俟于下节，续起葛藤。

夫苦水之说此词也，先从论俳词入手，此自是论俳词，何干于稼轩之此词？继之又论稼轩之见解，有如说教，何干于稼轩之此词？若此词之所以为词，其第一义，其画龙点睛处，则结尾之“听君飞去饱时来，看头上、风吹一缕”是已。昔支道林[10]爱马。或病道人畜马不韵[11]。支曰：“道人爱其神骏。”妙哉此言，必如是乃可以超凡入圣，可以解脱生死，可以升天成佛。世之学佛学道者动曰：我心如槁木死灰。信斯言也，则槁木死灰之悟道成佛也久矣。有是理也哉？明乎此，则白鹭头上之一缕风吹，虽非神骏，然一何俊耶？明乎此，则主人怜汝之怜为非阿私[12]也。明乎此，则作文须有高致者，又岂特思过半而已哉？吾之所谓第一义者，于是乎在。盖必有是，乃可成为词，无前此之“物我欣然”，无害也。苟其无是，则不成其为词，虽有前此之“物我欣然”，干巴巴地说道谈理，不几于学佛学道者之心如槁木死灰乎哉？以是而曰：民之吾胞，物之吾与[13]。其孰能信之？于是苦水说此词第一义竟。

忆苦水幼时曾闻先君子举一首打油诗，亦是咏鹭鸶者，曰：“好个鹭鸶儿，毛羽甚皎洁。青天无片云，飞下一团雪。”[14]试以此无名氏之打油诗，较诸辛稼轩之《鹊桥仙》词，学人将无不笑苦水为刻画无盐[15]，唐突西子[16]。然而请勿笑也。往古来今所有咏物诗，不类如此打油诗之刻舟求剑，以致于木雕泥塑者几何哉！

读解：

一　此文赞辛词之活泼，而以其天真，故有高致。故有人间气（地气）。所谓“物我欣然”也。非若如此，则如死灰、如泥塑也。

二　有“物我欣然”方能有天下之志，方能散出高致也。即观堂所云有境界自成高致。

三　“我心如槁木死灰”之语，需从庄子处去会得，方有生机也。

四　读完此则，便知童心一点，便可点勘生死，化“木雕泥塑”为神奇也。

注释：

①语出王国维《人间词话》。句云，“诗人必有轻视外物之意，故能以奴仆命风月。又必有重视外物之意，故能与花鸟共忧乐”。

②语出辛弃疾词《鹧鸪天·博山寺作》。辛词化用了杜甫诗《岳麓山道林二寺行》“山鸟山花吾友于”之句。

③靳：吝惜，不肯给予。

④民胞物与：民为同胞，物为同类。泛指爱人和一切物类。语出张载《正蒙·乾称》：“民，吾同胞；物，吾与也。”

⑤五净肉：佛教语。特许信众食用的五种肉食。即火净、刀净、爪净、蔫干净、鸟啄净。

⑥语出《楞严经》。

⑦莳：栽种。

⑧剩义：余义。

⑨第一义：指最上至深的妙理。也称第一义谛、真谛、胜义谛。与世谛、俗谛或世俗谛对称。

⑩即支遁。东晋僧人，字道林，世称“支公”或“林公”。据《高僧传》卷四，本姓关。陈留人。家世事佛，自幼读经，尤精《般若道行晶经》及《慧印三昧经》。二十五岁出家，“每至讲肆，善标宗会，而章句或有所遗，时为守文者所陋”，但受到玄学家的赞赏。与谢安、王羲之等交游，以好谈玄理闻名当世。

⑪不韵：不风雅。

⑫阿私：偏私，不公道。

⑬语出张载《正蒙·乾称》：“民，吾同胞；物，吾与也。”张载的“民胞物与”之说，为宋明理学之重要部分，有爱民爱天下之意，可与范仲淹“先天下之忧而忧，后天下之乐而乐”之语参看。

⑭《笑笑录》“隶卒吟诗”云：“洛中隶卒长脚王者，素不识字。一日，扑地复苏，遂喜吟诗，见物辄咏。前二句鄙俚，后二句似有意趣。《蜂房》云：‘好个蜂窝儿，恰似半截藕。同堂生子孙，各自开户牖。’《咏鹭》云：‘好个鹭鸶儿，毛羽甚皎洁，青天无片云，飞下一团雪。’好事者录得

数百首。”（载《笑笑录》，清独逸窝退士辑，岳麓书社1985年版）

⑮无盐：战国时齐宣王后钟离春。因是无盐人，故名。为人有德而貌丑。后常用为丑女的代称。

⑯西子：西施。

西江月

夜行黄沙道中

明月别枝惊鹊，清风半夜鸣蝉。稻花香里说丰年，听取蛙声一片。　　七八个星天外，两三点雨山前[①]。旧时茅店[②]社林[③]边，路转溪桥忽见。

作诗词而说明月，滥矣。明月惊鹊，用曹公“月明星稀，乌鹊南飞”句，亦是尽人皆知之事，不见有甚奇特。但曰“明月别枝惊鹊”，则簇簇新[④]底稼轩词法也。作诗词而曰清风，滥矣。清风鸣蝉，则王辋川[⑤]诗固已云“倚杖柴门外，临风听暮蝉”矣，亦不见有甚生色。但曰“清风半夜鸣蝉”，则簇簇新底稼轩词法也。而此尚非稼轩之绝致也。至“稻花香里说丰年，听取蛙声一片”，则苦水虽曰古今词人惟有稼轩能道，亦不为过。鼻之于香也，耳之于声也，哪个诗人笔下不写？今也稼轩则曰“稻花香”，曰“蛙声”。稻花亦花，而与诗词中常见之花异矣。至于蛙声，则固已有人当作一部鼓吹[⑥]，或曰“青草池塘处处蛙”[⑦]矣。而皆非所论于稼轩也。所以者何？彼数少，此数多；彼声寡，此声众故。即曰不尔，而彼虽曰一部，曰处处，其意旨固在于清幽寂静。今也稼轩于漫漫无际静夜之下，漠漠无垠稻田之中，而曰“听取蛙声一片”，其意旨则在于热闹喧嚣，而不在于清幽寂静也。若是则此所谓蛙声与他人所谓蛙声也者，又异已。夫稼轩于此，其意果只在于写阵阵稻花香之扑鼻，阵阵鸣蛙声之聒耳乎哉？果只如是，不碍词之为佳词，果只如是，则稼轩之所以为稼轩者何在？稼轩之词，固以意胜。以意胜，则不能无所谓。此稻花香中蛙声一片，固与《鹊桥仙》中之“千顷稻花”“一天风露”同其旨趣。然彼曰“酿成”，此曰“丰年”。彼为因，为辛苦；此为果，为享受。“稻花香里说丰年，听取蛙声一片”，真乃鼓腹讴歌，且忘帝力于何有，千秋之盛事，而众生之大乐也。而稼轩之所以为稼轩者乃于是乎在。尚何须说“别枝惊鹊”“半夜鸣蝉”之簇簇新，与夫稻花、鸣蛙之于鼻根、耳根，异乎其他诗人词人所染之香尘、声尘也耶？复次，过片“七八个星天外，两三点雨山前”一联，粗枝大叶，别具风流。元遗山《论诗绝句》，盛称退之《山石》句之有异于女郎诗[⑧]。持以较此，觉韩吏部虽然硬语盘空，而饰容作态，尚逊其本色与自然。此种意境，此种句法，入之小词，一似太古遗民，深山老农，布袄毡笠，索带芒屩[⑨]，闯入措大[⑩]堂上、歌舞场中，举止生硬，格格不入，而真挚之气，古朴之容，有使若辈[⑪]不敢哂笑者在。又如闭关老僧，千峰结茅，破衲遮身，嘴与瓶钵，一齐挂壁，使口里水漉漉地谈心说性之堂头[⑫]大和尚见之，亦似蚊子上铁牛，全无下嘴处[13]。如谓此非词家正宗，何不一读杜少陵之七言绝句？如谓工部七绝亦不见怎的，亦非诗家正宗，则苦水亦只有自恨虽不能如云门老汉一棒将世尊打煞与狗子[14]吃，也将老杜活埋却了，图得个天下太平也。如今莫惹闲气，且说此词末尾之“旧时茅店社林边，路转溪桥忽见”。学人且不可说辛老子至此理屈词穷，貂不足，将狗尾续也。试思旅途深夜，人困马乏，突然溪桥路转，林边店在，则今宵之茶香饭饱，洗脚上床，便有着落，此是何等乐事？盖一首小词，五十个字，无不是写一乐字。这老汉先天下忧，后天下乐，词中写没奈何处，比比皆是。若夫乐则固未有乐于是篇者矣。或曰：苦水何以便知稼轩今夜定歇此店？情知[15]有此问。不见“茅店”二字之上，明明冠以“旧时”乎？浮屠尚不三宿桑下[16]，况乎辛老性情过重，感觉极敏，夜行之际，而见此旧时之茅店焉，则眷念往日于此曾有一碗粗茶、三杯淡酒之因缘，今夕纵不宿此，中心[17]亦安能恝[18]然而已乎？

读解：

一　此篇甚痛快，读之如一缕清风，自窗棂间吹入，无意中倒得了一惊，来看窗外漫天秋日。苦水论稼轩，此篇亦是情绪畅快，而不谓半肯半不肯之类啰唆语，直是从头到尾的肯也。其一为稼轩之句法词法，化旧为奇，点铁成金，令人慨叹不已。其二为稼轩说乐，写时速度甚快，而不令人倦，虽亦不能让人停留，但转换之处亦有再三玩味处。此乃细部之佳绝也。其三为稼轩既说个人之乐，亦说天下之乐，又杂以回忆与眷念，虽偶露低回之态，故乃佳绝也。苦水亦毫无保留，连连称许也。

二　苦水称稼轩词多忧，而此篇通篇皆是“乐”，其意乃是“先天下之忧而忧，后天下之乐而乐”也。此语却是儒家士大夫之志。故苦水深许。转换为民国之语，即是为人生之文学也。

三　苦水解词，如庖丁解牛，层层深入肌理，时时又翻高一层，细读之，愈觉心神旷达也。

注释：

①《容安馆札记·六百三十六》解此句：“按用卢延让《松寺》：‘两三条电欲为雨，七八个星犹在天。’”卢延让，五代十国时期前蜀诗人。《松寺》诗云：“山寺取凉当夏夜，共僧蹲坐石阶前。两三条电欲为雨，七八个星犹在天。衣汗稍停床上扇，茶香时拨涧中泉。通宵听论莲华义，不藉松窗一觉眠。”

②茅店：用茅草盖成的旅舍。

③社林：社庙丛林。

④簇簇新：极言其新。

⑤即唐代诗人王维。辋川为王维之别业，王维绘有《辋川图》，并有《辋川集》流传。因之“辋川”被当作王维之高逸的象征，王辋川也成为王维之代称。

⑥唐诗人吴融诗《蛙声》：“稚珪伦鉴未精通，只把蛙声鼓吹同。君听月明人静夜，肯饶天籁与松风？”

⑦南宋诗人赵师秀诗《约客》：“黄梅时节家家雨，青草池塘处处蛙。有约不来过夜半，闲敲棋子落灯花。”

⑧元好问《论诗绝句》其一云“‘有情芍药含春泪，无力蔷薇卧晓枝。’拈出退之《山石》处，始知渠是女郎诗。”韩愈《山石》有句“芭蕉叶大栀子肥”，较之秦观《春雨》诗“有情芍药含春泪，无力蔷薇卧晓枝”，更见豪气也。顾随亦多次言及韩愈此句。

⑨屦：草鞋。

⑩措大：读书人。

⑪若辈：这些人。

⑫堂头：僧寺住持。

⑬语出《五灯会元》第五卷“药山见石头事”。

⑭《云门匡真禅师广录》载：“云门举世尊初生下，一手指天一手指地，周行七步目顾四方云：天上天下，唯我独尊。师云：我当时若见，一棒打杀与狗子吃却，贵图天下太平。”

⑮情知：深知，明知。宋辛弃疾《鹧鸪天》词："情知已被山遮断，频倚阑干不自由。"

⑯语出《佛说四十二章经》："佛言：剃除须发，而为沙门。受佛法者，去世资财，乞求取足。日中一食，树下一宿，慎不再矣。"《后汉书》卷三十《襄楷传》云："或言老子入夷狄为浮屠。浮屠不三宿桑下，不欲久生恩爱，精之至也。"后引申为留恋不舍之意。苏轼《别黄州》云："桑下岂无三宿恋，樽前聊与一身归。"

⑰中心：心中。《诗经·王风·黍离》云："行迈靡靡，中心摇摇。"

⑱恝：无动于衷，淡然。

清平乐

书王德由主簿扇

溪回沙浅，红杏都开遍。鸂鶒[①]不知春水暖，犹傍垂杨春岸。　　片帆千里轻船，行人想见欹[②]眠。谁似先生高举[③]，一行白鹭青天。

渔洋[④]论诗，力主神韵。静安先生独标境界，且以为较神韵为探其本。[⑤]苦水则谓境界可以包神韵，而神韵者，不过境界之一种，但不可曰境界即神韵，譬之马为畜，而畜非马也。苦水于古大家之诗，不喜渔洋。二十年来，并渔洋所主之神韵，遂亦唾弃之。近年始觉渔洋之诗，诚不足以言神韵，而渔洋对神韵之认识，亦只在半途，故不独其身后无多沾溉[⑥]，即其生前，门前亦寂若寒灰。然论中国诗，神韵一名，终为可取而不可废。盖神者何？不灭是。韵者何？无尽是。中国之诗，实实有此境界，如渊明之“采菊东篱下，悠然见南山”[⑦]，韦苏州之“落叶满空山，何处寻行迹”[⑧]，孟襄阳之“微云淡河汉，疏雨滴梧桐”[⑨]，谓之玄妙，谓之神秘，谓之禅寂，举不如“神韵”二字之得体。此说甚长，且俟他日有机缘时，另细详之，今姑舍是。

苦水平日为学人说词，常谓词富于情致，而乏于神韵。

神韵长，情致短[10]。是以每论词未尝不引以为憾。今得辛老子此小令一章，吾憾或可以稍释乎？题中注明是书王主簿扇，恐是席上匆匆送王罢官归去之作。前片写景，皆泛语、浅语，然过片“片帆千里轻船，行人想见欹眠”，情致已自可念；至“谁似先生高举，一行白鹭青天”，高情远致，不厉不佻，脱俗尘，透世网，说高举便真是高举。笑他山谷老人“江南春水碧于天，中有白鸥闲似我”[11]之未免拖泥带水行也。夫“一行白鹭”之用杜诗[12]，其孰不知之？但若以气象论，那一首七言四句排万古而吞六合，须还他少陵老子始得[13]。若说化板[14]为活，者位[15]山东老兵，虽不能谓为点铁成金，要是[16]胸具锤炉，当仁不让。“一行白鹭青天”，删去“上”字，莫道是削足适履好。着一“上”字，多少着迹吃力。今删一“上”字，便觉万里青天，有此一行白鹭，不撘拄[17]，不抵牾[18]，浑然而灵，寂然而动，是一非一，是二非二。莫更寻行数墨[19]，说他词中上句“高举”两字，便替却“上”字也。盖辛词中情致之高妙，无加于此词者。如是而词中之情致，可以敌诗中之神韵，而苦水之夙憾，亦可以稍释矣。记得十五年前，苦水尚在行脚[20]，同参[21]有纯兄者，为说默师[22]当年上堂，曾拈此二语示弟子辈。可惜苦水尔时未得列席，未审[23]老师如何举扬[24]。今姑臆说如上，留待异日求师印可。

读解：

一　此词不算好，苦水亦是说后二句好，因见境界也。苦水以之为神韵，其实亦是“白鹭青天”之境界廓然也。不如说境界。想来苦水以之为神韵，其实未必是。此篇有辞大于文之感，因稼轩此词唯有后二句可说。另，后二句并不高明，删“上”之妙，苦水独得之。

二　“谁似先生高举”，今常用于形容苦水之“高逸”。

三　此则主要是发微稼轩词“情致”之美，更以之比较诗与词之“情致”。可圈点也。

四　此则举“先生高举”“白鹭青天”为高致之最。此语今亦用于状苦水也。

注释：

①瀏鶒：一种水鸟，似鸳鸯。

②攲：斜靠。

③高举：高其行，行为超出凡俗。《楚辞·渔父》：“何故深思高举，自令放为？”

④渔洋即王士祯，清诗人，字子真、贻上，号阮亭，又号渔洋山人，人称王渔洋。论诗主“神韵”之说，影响极大。其名应为王士禛。因避雍正讳，后世易禛为祯。

⑤王国维《人间词话》：“言气质，言神韵，不如言境界。

有境界，本也。气质神韵，末也。有境界而二者随之矣。”

⑥沾溉：比喻使人受益。鲁迅《汉文学史纲要》第七篇：“惟谊尤有文采，而沉实则稍逊，如其《治安策》《过秦论》，与晁错之《贤良对策》《言兵事疏》《守边劝农疏》，皆为西汉鸿文，沾溉后人，其泽甚远。”

⑦引自东晋陶渊明诗《饮酒·其五》。

⑧引自唐韦应物诗《寄全椒山中道士》。

⑨引自唐孟浩然诗《断句》。

⑩此句似稍显突兀，手稿在“神韵”前有“然”字，后被圈出。

⑪山谷老人：即黄庭坚。黄庭坚，宋代诗人，字鲁直，号山谷道人。黄庭坚《演雅》诗结句云“江南野水碧于天，中有白鸥闲似我”。

⑫杜甫《七绝》诗有句：“两个黄鹂鸣翠柳，一行白鹭上青天。”

⑬顾随讲稿多处涉之，如讲《摩诘诗之调和》云：“杜甫诗如‘两个黄鹂鸣翠柳，一行白鹭上青天’(《绝句》)，笨，笨得好，笨得出奇，笨得出奇的好。老杜真要强，酸甜苦辣，亲口尝遍；困苦艰难，一力承当。‘两个黄鹂鸣翠柳’是洁。”(《驼庵传诗录上》，河北教育出版社2013年版，第144页)；讲《杜甫七绝》云：“老杜诗真是气象万千，不但伟大而且崇高。譬如唱戏，欢喜中有凄凉，凄凉中有安

慰。……‘两个黄鹂鸣翠柳’(《绝句四首》其三）一绝，真是高尚、伟大。首两句：‘两个黄鹂鸣翠柳，一行白鹭上青天。’清洁，由清洁而高尚。后两句：‘窗含西岭千秋雪，门泊东吴万里船。’有力，伟大。前两句无人，后两句有人，虽未明写，而曰窗、曰门，岂非人在其中矣?”(《顾随全集·卷五》，河北教育出版社2014年版，第318页）

⑭ 板：不灵活，少变化。

⑮ 者位：这位。

⑯ 要是：主要是。

⑰ 搘拄：抗拒。手稿中为“支柱”。

⑱ 抵牾：抵触、矛盾。

⑲ 寻行数墨：谓为文专在词句上下功夫。亦指披阅文章专注于词句。元刘埙《隐居通议·文章一》:“彼以翻阅故纸，寻行数墨者谓之英雄，宁不足笑邪!”

⑳ 行脚：谓僧人为寻师求法而游食四方。《古尊宿语录》卷六:“老僧三十年来行脚，未曾置此一问。”

㉑ 同参：佛教语。谓共同参谒一师。亦为同事一师之佛教徒之互称。

㉒ 指沈尹默。

㉓ 未审：不知。

㉔ 举扬：宣扬，阐扬。《五灯会元》:“衡岳南台诚禅师，僧问：‘玄沙宗旨，请师举扬。’师曰：‘甚么处得此消息?’”

南歌子

山中夜坐

世事从头减，秋怀彻底清。夜深犹送枕边声。试问清溪，底事未能平。　　月到愁边白，鸡先远处鸣。是中无有利和名。因甚山前，未晓有人行。

者老汉真是可笑。如此小词，也要复“底”字、复“事”字、复“清”字、复“边”字、复“未”字、复“有”字。更可笑是苦水廿余年读稼轩此词，一见便即成诵，直到如今，时时掂掇[①]，还是此刻手写一过[②]，才觉察出。若说苦水于辛老子是相赏于牝牡骊黄之外[③]，苦水不免惭惶。若说辛老子胆大心粗，更是罪过。何以故？大体还他肌肤好，不擦红粉也风流。

苦水平日披读诗文，辄复致疑：如是云云者，果生于其心，而绝非抄袭与模拟耶？果为由衷之言，而无少粉饰与夸张耶？读“三百篇”、《离骚》、《古诗十九首》与《陶渊明集》，无此疑矣。最后则读稼轩之长短句亦然。苦水非谓辛词即等于“三百篇”、《离骚》、十九首与陶集也。要之，无疑则同然耳。即如此词，稼轩曰“世事从头减”，苦水即谓其“从头减”。曰“秋怀彻底清”，苦水即信其“彻底清”。此不几于武断盲从乎哉？曰：不然，苟稼轩而非“世事从头减，秋怀彻底清”也，则过片“月到愁边白，鸡先远处鸣”，何为其然而奔赴于辛老子之笔下耶？世之人填胸满腹，万斛俗尘，妄念狂想，前灭后生，即置身于玉阙蟾宫，亦不觉月之为白。今稼轩则曰“月到愁边白”。此所谓愁，岂棼[④]如乱丝之焦心苦虑哉？静极生愁，静之极也。曹子桓曰：“乐往哀来，怆然伤怀。”[⑤]所谓哀，亦即所谓愁，岂李陵所云“晨坐听之不觉泪下”之哀哉？鲁迅先生曰：“静到听出静底声音来。”[⑥]当此之际，“世事从头减”之诗人，未有不愁者也。于是乃益感于白月之白也。六一词曰：“寂寞起来褰绣幌，月明正在梨花上。”[⑦]寂寞者何？愁也。月上梨花者何？白也。若夫“鸡先远处鸣”者，抑又何也？老杜诗曰：“遮莫邻鸡下五更。”[⑧]曰邻，则近也。世之人而有耳，而不聋，而五更头不盹睡如死汉者，固莫不闻近处之鸡鸣矣，至于远处鸡声之先鸣，则固非“世事从头减，秋怀彻底清”之大诗人不能自之也。且山中静夜，独生无眠，而远处鸡声，忽首先破空穿月而至，已复沉寂于灏气[⑨]清露之中，一何其杳冥也？一何其寥廓也？而且愈益增加世事之减、秋怀之清矣。夫如是，将不独苦水无疑于辛老子之“世事从头减，秋怀彻底清”，盖举天下之人，殆无一而不信之者也。

至于前片之后二语，与后片之后二语，不知何以稼轩于事减、怀清之际，乃忍于出此。是殆举“世事”十字“月到”十字所缔造之境界、酿成之空气，尽摧拉之而无余也。虽然，稼轩之所以为稼轩，亦可于此消息[10]之。观过知仁，苦水前已数言之矣。

读解：

一　引鲁迅氏言，可知苦水读鲁迅之勤，之有得也。静安、鲁迅为苦水两大人生境界也欤？

二　由是亦知“世事从头减，秋怀彻底清”只是世人之空梦也。知难行亦难也。稼轩此词，正说此境之难，虽痛下决心，然于静夜，百念繁生，正是修炼功夫。然稼轩终是凡人，不能奋而出之，而堕落凡尘。苦水此篇，力论静而生悲，读虽读之细也，然亦忘却有个“庭蔓”在。因而与稼轩一同堕入凡尘也。

三　或正是凡尘之情，能感尘世中人也。若至另一境界，恐人之未晓也。然此并非吾所论也。

四　由“缔造之境界、酿成之空气”一句当知文章作法。

注释：

①掂掇：考虑，估量。

②一过：一遍。

③牝牡骊黄之外：指知其内在之意。典出《列子·说符》。“牝牡骊黄”指事物的表面现象，而“牝牡骊黄之外”则是事物的本质。明文徵明《跋米临禊帖》云：“盖昔人论书，有脱墼之诮，米公得此意，故所作如此。观者当求之骊黄牝牡之外也。”

④棼：纷乱。

⑤出自曹丕《与朝歌令吴质书》。顾随在讲此文时，亦有“试问何哀？哀者，乐之极也。必感觉锐敏、感情热烈之人始能写出”之释读。(《顾随全集·卷七》，河北教育出版社2014年版，第215页)

⑥此语出自鲁迅小说《孤独者》。原文为“下了一天雪，到夜还没有止，屋外一切静极，静到要听出静的声音来”。

⑦欧阳修《蝶恋花》词：“面旋落花风荡漾。柳重烟深，雪絮飞来往。雨后轻寒犹未放。春愁酒病成惆怅。　枕畔屏山围碧浪。翠被华灯，夜夜空相向。寂寞起来褰绣幌。月明正在梨花上。”王国维《人间词话》评曰“字字沉响，殊不可及”。

⑧唐杜甫诗《书堂饮既夜复邀李尚书下马月下赋绝句》：“湖月林风相与清，残尊下马复同倾。久野鹤如霜鬓，遮莫邻鸡下五更。”

⑨灏气：弥漫在天地间之气。

⑩消息：斟酌。

生查子

题京口郡治尘表亭

悠悠万世功，矻矻[①]当年苦。鱼自入深渊，人自居平土。　红日又西沉，白浪长东去。不是望金山，我自思量禹。

悠悠之功，矻矻之苦，何也？鱼之入渊，人之居陆，是已。盖水之行地中，民之不昏垫[②]者，于兹三千有余岁矣。繄[③]何人，何人，何人？则禹是已。稼轩有用世之才之心，故登京口郡治之尘表亭，见西沉红日之冉冉，东去白浪之滔滔，遂不禁发思古之幽情，叹禹乎？自伤也。

具眼学人，且道一首小词，苦水如此拈举，为是会不会？为是孤负[④]不孤负这作者？不须学人肯苦水，苦水早已先自肯了也。所以者何？词意自明，稍一沉吟，便已分晓，自无错会。虽然错即不错，虽然孤负即不孤负，而苦水拈举此首之旨，却不在乎此。苟审如吾前此之所言，此词固又以意胜，即使力透纸背，不几于有韵之散文乎？词之所以为词者安在？苟审如吾前此之所言，则前片四句与后片结尾二句之间，楔入"红日又西沉，白浪长东去"十个大字，又奚以为也？如曰：登高望远，对此茫茫，百感交集，而举头又见依依之落日，滚滚之江涛，吊古悲今，益觉无以为怀，有此二语，便觉阮嗣宗之登广武原[5]尚逊其雄浑，陈伯玉之登幽州台尚逊其悍鸷[6]也。如是说，最为近之。然则脚跟仍未点地在[7]。具眼学人又何不于“又”字“长”字会去?“又”者何? 一日一回也。“长”者何? 不舍昼夜也。传神阿堵，颊上三毫[8]，尚不足以喻之。稼轩真词家大手笔也。夫必如是说，此词乃可成为词，而不同乎有韵之散文。然而稼轩作词，虽句有句法，字有字法，而这老汉又岂与人较量于字法、句法者哉。然则是又不可如此会也。自会去好。苦水说不得。

于是苦水说稼轩词竟。

读解：

此篇苦水言稼轩未曾有力，云其境界，故词之为词、诗之为诗也。结穴仍落观堂之境界说也。或苦水之高致说亦可。然吾以为，此词却不若陈子昂之《登幽州台歌》，因陈诗境界阔大，直追千古。而此词多属寻常感慨也（虽是稼轩暮年所思）。况前有子曰逝川，已是题诗在上头了也。若说好处，首在最末一句“我自思量禹”，如江心定心砣，将此词定住也。“鱼”“人”句亦可，可入老庄之文也。苦水说稼轩词竟。吾亦说苦水稼轩词说竟。

注释：

①跄跄：象声词，道路之步音。

②昏垫：陷溺。指困于水灾。亦指水患，灾害。

③翳：只，唯。

④孤负：违背，对不住。

⑤《晋书·阮籍传》载阮籍：尝登广武，观楚汉战处，叹曰："时无英雄，使竖子成名！"唐张祜诗《登广武原》引此典，诗云："广武原西北，华夷此浩然。地盘山入海，河绕国连天。远树千门色，高樯万里船。乡心日云暮，犹在楚城边。"文中所指或是此诗。

⑥悍鸷：凶猛暴戾。

⑦禅宗语，指功夫尚不够，未能见本来面目之意。如《五灯会元·玄沙师备》里即有此类公案：雪峰上堂："要会此事，犹如古镜当台，胡来胡现，汉来汉现。"师出众曰："忽过明镜来时如何？"峰曰："胡汉俱隐。"师曰："老和尚脚跟犹未点地在。"《佛学大辞典》（丁福保编）释"脚跟点地"为"前后际断，彻见本来面目，一切功夫，皆有着落之谓也"。

⑧传神阿堵，颊上三毫：皆是传神之喻。典出《世说新语·巧艺》之二则："顾长康画人，或数年不点目精，人问其故，顾曰：'四体妍蚩，本无关于妙处，传神写照，正在阿堵中。'""顾长康画裴叔则，颊上益三毛。人问其故，顾曰：'裴楷俊朗有识具，正此是其识具。'看画者寻之，定觉益三毛如有神明，殊胜未安时。"

东坡词说

词目

永遇乐（明月如霜）

洞仙歌（冰肌玉骨）

木兰花令（霜余已失长淮阔）

西江月（照野弥弥浅浪）

临江仙（忘却成都来十载）

定风波（莫听穿林打叶声）

南乡子（寒雀满疏篱）

南乡子（回首乱山横）

蝶恋花（簌簌无风花自堕）

减字木兰花（双龙对起）

附录

念奴娇（大江东去）

水调歌头（明月几时有）

水龙吟（似花还似非花）

蝶恋花（花褪残红青杏小）

卜算子（缺月挂疏桐）

前言

吾自学词，即不喜东坡乐府。众口所称《念奴娇》“大江东去”一章，亦悠忽[①]视之，无论其他作。旧在城西校中[②]，偶当讲述苏词，一日上堂，取《永遇乐》“明月如霜”一首，为学人拈举，敷衍发挥，听者动容，而后渐觉东坡居士真有不可及处，向来有些孤负[③]却[④]他了也。今年夏秋之交，说稼轩词既竟，无所事事，更以读词遣日。初无说苏词之意，案头适有龙榆生笺注本[⑤]，因理一过，乃能分疏[⑥]坡词何处为佳妙，何处为败阙，遂选而说之。吾之说辛，其意见则几多[⑦]年来久蕴于胸中，不过至是以文字表而出之耳。兹之说苏，则大半三五日中之触磕。如谓说辛为渐修，则说苏其顿悟欤？二三子得吾之说而读之者，宜先依词目，尽读其词，每一首，首宜速读，以遇其机，次则细读，以求其意，最末，掩卷思之，以会其神，必有好有不好，有解有不解，然概念既得，好者解者无论矣，若其不好者亦勿弃置，不解者更不必穿凿，然后取吾之说，仍先阅原词一过，略一沉吟，意若曰：彼苦水将奚以说耶？于是乃逐字逐句读吾之说，以相与印证焉。如是读者为得之。不然者，一得是编，流水看毕，是则不独孤负东坡，亦且孤负苦水，孤负学人自己矣。又凡为学之事，不可随人脚跟，亦不可先有成见。如读吾说则遂谓其铁案如山，苦水并不欢喜，只有叫屈。诚如是，苦水将置学人于何地，学人又将何以自处乎？如读吾说而乃谓其信口开河，苦水虽不烦恼，却亦不甘。审如是，学人将置苦水于何地，而苦水又将何以自处乎？苦水虽无马祖振威一喝，百丈直得三日耳聋底本领[⑧]，学人也须如同临济参了大愚，重归黄檗之后，须向黄檗随声便掌方得也[⑨]。非然者，大家钝置[⑩]，何日是了期耶？吾之说词，虽似说理，意只在文。学人首须去会，不可徒事求解，解得许多张长李短，不会得古人文心，有甚干涉？如有所会，且莫须问苦水肯不肯，须知苦水首先要问学人肯去会不肯去会也。学人亦须自悟自证。即如苦水说词，一无可取，何必睬他？若有可取，又是那个先生教底也？至于说词之外，时复拈举一两则公案，一两个话头，与学人商量，学人又须会得苦水苦心，勿作节外生枝看也。虽然，吾上所云云，为二三子从余游者言之耳。若是明眼大师，辣手[⑪]作家，吾文现在，赃证俱全，一任横读竖看，薄批细抹，印可棒喝，苦水无不欢喜承当。

卅二年仲秋苦水识

读解：

一　此序即是阅读之总纲大要也。速读，细读，会之，印证之，万万不可流水视之也。吾之读解亦循此路径。

二　“解得许多张长李短，不会得古人文心，有甚干涉?”此语今日闻来，即是苦水之“棒喝”也。

注释：

①悠忽：轻忽，忽略。清王士祯《池北偶谈·谈献三·苏门孙先生言行》云：“人生最系恋者过去，最冀望者未来，最悠忽者见在。”

②指燕京大学。

③孤负：徒然错过。

④却：去掉。

⑤《东坡乐府笺》龙榆生校笺，商务印书馆1936年版。

⑥分疏：一样一样讲清楚。

⑦几多：几许，多少。

⑧指马祖道一用“喝”的手段来启悟弟子百丈怀海。后为临济禅师所常用，被称作“临济喝”。《景德传灯录·第二世百丈怀海》云：师一日诣马祖法塔，祖于禅床角取拂子示之。师云：“只这个更别有?”祖乃放旧处云：“尔已后将什么何为人?”师却取拂子示之。祖云：“只这个更别有?”

师以拂子挂安旧处，方侍立，祖叱之，自此雷音将震。

⑨《景德传灯录·第四世临济义玄》载，临济参黄檗，三问三遭打。后参大愚得悟。回后问答，临济“鼓黄檗一掌，黄檗哈哈大笑”。“打”为黄檗开悟之手段，后常为德山禅师常用，称作“德山棒”。后未临济黄檗互相印可，故顾随云“方得也”。千载以下，此喝声、掌声依然栩栩也。

⑩钝置：亦作“钝致”。折磨：折腾。《祖堂集·雪峰和尚》：“汝诸人来者里觅什摩？莫要相钝致摩。”

⑪辣手：犹能手、老手。元王义山《送按察王佥事除行台察院》诗云：“只为外台要精采，更烦辣手大支撑。”

永遇乐

徐州梦觉北登燕子楼作

明月如霜，好风如水，清景无限。曲港跳鱼，圆荷泻露，寂寞无人见。紞[①]如三鼓，铿然一叶，黯黯梦云惊断。夜茫茫、重寻无处，觉来小园行遍。　　天涯倦客，山中归路，望断故园心眼。燕子楼空，佳人何在，空锁楼中燕。古今如梦，何曾梦觉，但有旧欢新怨。异时对、黄楼夜景，为余浩叹。

坡仙写景，真是高手，后来几乎无人能及。即如此词之“明月”八字、“曲港”八字、“紞如”十四字，写来如不费力，真乃情景兼到，句意两得。但细按下去，亦自有浅深层次，非复随手堆砌。“明月”“好风”“如霜”“如水”，泛泛言之而已；“曲港”“圆荷”“跳鱼”“泻露”，则加细矣。曲港之鱼，人不静不跳；圆荷之露，夜不深不泻。虽是眼前之景，不是慧眼却不能见，不是高手却不能写。更无论钝觉与粗心也。至于“紞如三鼓，铿然一叶”，明明是“紞如”，明明是“铿然”，明明是有声，却又漠漠焉，叆叆[②]焉，如轻云，如微霭，分明于数点声中看出一片色来。要说只此八字，亦还不能至此境地。全亏他下面“黯黯梦云惊断”一句接联得好，“黯黯”字、“梦云”字、“断”字，无一不是与前八字水乳交融，沆瀣一气，岂只是相得益彰而已哉？至于“惊”字阴平，刚中有柔，故虽含动意，而与前八字仍是相反而又相成。读去，听去，甚至手按下去，无处不锋芒俱收，圭角[③]尽去。好笑世人狃[④]于晁以道“天风海雨逼人”之说[⑤]，遂漫以豪放目之，动与辛幼安相提并论，可见于此等处不曾理会得半丝毫也。者个且置。譬如苦水如此说，颇得坡老词意不？若说不，万事全休，只当苦水未曾说。坡词俱在，苦水之说，亦何尝损其一毫一发？若说得，难道老坡当年填词时，即如苦水之所说枝枝节节而为之耶？决不，决不。只缘作者生来禀赋，平时修养，性情气韵中有此一番境界，所以此时此际，机缘触磕，心手凑泊[⑥]，适然来到笔下，成此妙文。若不如此，又是弄泥团汉也。所以苦水平日为学人说文，尝道：苦水今日如此说，正是个说时迟；古人当日如彼写，正是个那时快。当其下笔，兔起鹘落，故其成篇，天衣无缝。若是会底，到眼便知，次焉者，上口[⑦]自得，又其次者，听会底人读过。入耳即通。若不如此，纵使苦水老婆心切[⑧]，说得掰瓜露子，饶他听苦水说时，直喜得眉开眼笑，又将苦水所说，记得滚瓜烂熟，依旧是“君向潇湘我向秦”[⑨]。闲话揭开，如今且说坡仙此词，开端“如霜”“如水”，两个“如”字，不免着迹。“跳鱼”“泻露”，“跳”字、“泻”字又不免着力。总不如“统如”十四个字浑融圆润。“清景无限”，“寂寞无人见”，苦水早年总疑是坡老败阙。以为若作者觉得不如此写不足兴，便是作者见短。若读者觉得不如此写不明了，便是读者低能。总之，此等处于人于己两无好处。于今[10]却不如此想，何以故？且待说了“夜茫茫、重寻无处”二句再说。“寻”字承上“梦云”而言。此时人尚未清醒，亦并未起床，只是在半醒半睡中寻绎[11]断梦。所以下句方是“觉来小园行遍”也。说到者里，再回头追溯开端“明月”直至“无人见”六句二十五个字所写之景，不独是觉来行遍之所见，而且是觉了行了见了之后，方才悟得适间[12]睡里梦里，外面小园中月之如霜，风之如水，与夫鱼之跳，露之泻，早已好些时候了也。嗟嗟，人自睡里梦里，月自如霜，风自如水，鱼亦自跳，露亦自泻。人生斯世，无边苦海，无限业识，将幻作真，认贼为子，且不须说高不可攀处、远不可及处，只此眼前身畔，有多少好处，交臂失之，不得享受，真乃志士之大痛也。然则“清景无限”“寂寞无人见”两句，写来一何其感喟，而又一何其蕴藉，谓之败阙，如之何则可？苦水当年失却一只眼[13]，今日须向他坡老至心忏悔始得也。如问“梦云”之“梦”，果何所指？苦水则谓：梦只是梦而已，不必指其名以实之，或任指一名以实之亦无不可。但决不是梦关盼盼。静安先生诗曰：“不堪宵梦续尘劳。”苦水则说，宵梦更非别有，只是尘劳。坡老此处，亦是此意。所以苦水于此词录题时，拟删去“登燕子楼”四字。词中并无“登”意也。然则只是“夜梦觉”（注：顾随原题为“夜梦觉”；今据通行版本，删一“夜”字）便得，何必又标“徐州”？苦水盖以为若无此二字，词中之“燕子楼空”，则又忒杀突如其来矣。有一本题作“夜宿燕子楼，梦盼盼，因作此词”。郑大鹤[14]诃之曰居士断不作痴人说梦之题，是已。然郑又取王案说，谓是梦登燕子楼，翌日往寻其地作。[15]此又是刻舟求剑了也。学人将疑不知苦水见个什么，便说得如此斩钉截铁。不知只是学人不肯细心参求，并非苦水无事生非。试看老坡此词过片，曲曲折折写来，只道得个人生之痛，半点也无儿女之情，已是自家据实自首，不须苦水再为问案追赃。“天涯”三句，叹息人生无蒂，不如落叶犹得归根。“燕子”三句，说得不拘遗臭流芳，凡是前人生涯，只不过后人话靶。“古今”三句更是说他苦海众生，业识茫茫，无本可据。结尾则是由燕子楼联想到黄楼，后人千载而下，见燕子楼，便想到盼盼，而不禁感慨系之。黄楼是老苏所创，后人亦将见之而想到东坡，系之感慨，辗转流传，何时是了？正所谓后人复哀后人也。如此写来，尽宇宙，彻今古，号称万物之灵底人也者，更无一个不是在大梦之中，更无觉醒之期。然后愈觉睡里梦里，而月如霜、风如水、鱼之跳、露之泻为可悲可痛也。夫如是，与登燕子楼，梦关盼盼，有甚干系？具眼学人且道：坡仙作此词时，梦醒也未？莫是仍在梦里么？若然，则苦水更是梦中说梦也。于[16]古有言：啼得血流无用处，不如缄口度残春。[17]

读解：

一　境界、着力、着迹诸语均有静安《人间词话》痕迹也。

二　文章浅深层次，需如苦水般细按始得也。

注释：

①纨：击鼓声。

②叆叆：云盛貌。清洪昇《长生殿·剿寇》："不断征云叆叆。"

③圭角：圭的棱角。泛指棱角。比喻锋芒。

④狃：因袭，拘泥。

⑤《历代诗余》引晁以道：绍圣初，与东坡别于汴上，东坡酒醒，自歌《古阳关》，则公非不能歌，但豪放，不喜裁剪，以就声律耳。试取东坡诸词歌之，曲终，觉天风海雨逼人。陆游《跋东坡七夕词后》云："昔人作七夕诗，率不免有珠栊绮栊惜别之意，唯东坡此篇，居然是星汉上语，歌之曲终，觉天风海雨逼人。"

⑥凑泊：凝合；聚合。《景德传灯录·慧寂禅师》云：

“我今分明向汝说圣边事，且莫将心凑泊，但向自己性海如实而修。”

⑦上口：一般指诵读诗文纯熟，能顺口而出。此处依句意，或仅指诵读。因顾随列出“到眼”“上口”“入耳”三个层次。

⑧老婆心切：禅宗里指禅师苦口叮咛之心。

⑨语出唐郑谷诗《淮上与友人别》。潇湘指今之湖南，秦指今之陕西，此句表示一东一西，背道而驰。

⑩于今：如今，现在。

⑪寻绎：追思。

⑫适间：刚才。

⑬失却一只眼：禅宗语。意谓有目无珠，没有认识或体悟。《五灯会元·丞相张商英居士》云张商英见兜率悦禅师，曰“闻公善文章”。悦大笑曰：“运使失却一只眼了也。”

⑭即郑文焯，字俊臣，号小坡，又号叔问、冷红词客、大鹤山人、鹤道人。辽宁铁岭人，光绪元年举人，官内阁中书，擅长书画金石，尤工词，为晚清四大词人之一。

⑮此段涉及顾随评东坡词所用底本，即龙榆生笺证之《东坡乐府笺》。此本此词之副题为“彭城夜宿燕子楼，梦盼盼，因作此词”。龙榆生校曰：“傅注本题作‘公旧注云，夜宿燕子楼，梦盼盼，因作此词。一云徐州夜梦觉，登燕子楼作’。……郑文焯曰：燕子楼未必可宿，盼盼更何必

入梦。东坡居士断不作此痴人说梦之题，亟宜改正。又曰：题当从王案云云。”朱孝臧注云：“戊午十月，梦登燕子楼，翼日往寻其地作。”（载《东坡乐府笺》，上海古籍出版社2009年版，第124、125页）顾随大约综合数说，给此词拟副题为“徐州梦觉，登燕子楼作”。

⑯于：在。

⑰此句出自唐杜荀鹤《闻子规》诗。诗云：“楚天空阔月沉沦，蜀魄声声似告人。啼得血流无用处，不如缄口过残春。”后两句常被禅宗公案所使用，用于修行应深入体悟而非急于用言语表达空话之意。顾随常用此语，《揣龠录·小引》里言及“然则今兹所录，去禅固远，离文亦并不近，脚法师，说得行不得，此处正好断章取义，借用‘啼得血流无用处，不如缄口度残春’那两句也”。

洞仙歌

余七岁时，见眉山老尼姓朱，忘其名，年九十岁。自言尝随其师入蜀主孟昶宫中。一日大热，蜀主与花蕊夫人夜纳凉摩诃池[①]上，作一词。朱具能记之。今四十年，朱已死久矣，人无知此词者。但记其首二句，暇日寻味，岂《洞仙歌令》乎？乃为足之云。

冰肌玉骨，自清凉无汗。水殿风来暗香满。绣帘开、一点明月窥人，人未寝，欹枕钗横鬓乱。　　起来携素手，庭户无声，时见疏星渡河汉。试问夜如何，夜已三更，金波淡、玉绳低转。但屈指、西风几时来，又不道流年，暗中偷换。

论词者每以苏、辛并举，或尚无不可。且不得看作一路。如以写情论，刻意铭心，老坡实大逊稼轩。然辛之写景，往往芒角尽出。神游意得，须还他苏长公[②]始得。固缘天性各别，亦是环境不同。即如此《洞仙歌》一首，真乃坡老自在之作。饶他辛老子盖世英雄，具有拔山扛鼎之力，于此也还是出手不得。“冰肌玉骨，自清凉无汗”，真乃绝世佳人。刘彦和曰：“粉黛所以饰容，而倩盼生于淑姿。”“淑姿”便了，“倩盼”作么？唐人诗曰：“却嫌脂粉污颜色，淡扫蛾眉朝至尊。”[③]“蛾眉”自好，“淡扫”则甚？总不如此二语之淡雅自然。“冰”“玉”二字，不见怎的，“清凉”恰好，尤妙在“自”。自来诗家之写佳人、写面貌、写眉宇、写腰肢、写神气，却轻易不敢写肉。写了，一不小心，往往俗得不可收拾。此二语却竟写肉。岂止雅而不俗，简直是清而有韵。写至此，倘若有人大喝：住，住！苦水错了也！者个是蜀主底，不是老坡底。苦水则亦还他一喝：管甚你底我底，文章天地之公，大家有分。老坡尚说一部陶诗是他所作，一句两句，分甚彼此？若说作之不易，但鉴赏亦难。老坡能鉴赏及此，亦自非凡，更不须说他自首减等也。者个揭开去。下面“水殿风来暗香满”，总该是东坡自作。既曰今日大热，且道风来是热是凉？水殿外想来有荷，且道暗香是人是花？若分疏得下，许你检举苏胡子。若分疏不下，还是大家葫芦提[④]好。自家屋里事，尚且无计划。舍己耘人，陈米糟糠，替他古人算什么闲账？过片“起来”至“河汉”三句，写出夏之大、夜之静。写静夜尚易，写大夏却难。写大夏有何难？要将那热忽忽、潮漉漉[⑤]，静化得升华了，不但使人能忍受，且能欣赏玩味之却难耳。所以自来诗文写春、写秋、写冬底多，而且好底确是不少。写大夏底便少，而好底更为稀有。家六吉极推《楚辞》之“滔滔孟夏”，与唐人之“薰风自南来，殿阁生微凉”。然《楚辞》是大处见大，唐人是大处见小，惟有老坡此处，乃是小处见大，风格固自不同。“试问夜如何”以下直至结尾，一句一转换，有如此手段，方可于韵文中说理用意。不则平板干瘪，纵使词能达意，只是叶韵格言，填词云乎哉？若单论此处，长公与幼安，大似同条生，但辛老子用时多，苏长公用时少，而且方圆生熟，截然两事，仍是不同条死也。学人自会去。此外尚有一则公案，苦水分明举似，再起一番葛藤。有不识惭愧者流，改坡公此词，为七言八句，更有不知好歹底人，便说彼作远胜此词，且不用说音律乖舛，世上没有恁般底《玉楼春》[⑥]。只看“起来琼户启无声”，只一“启”字，便将坡词“庭户无声”之大气，缩得小头锐面，趣味索然。更不须说他首句“清无汗”之删去“凉”字之不通，与结句之改“又不道”为“只恐”之平庸也。眼里无筋，皮下无血，何其无耻，一至于此？

日昨[⑦]往看同参颖公[⑧]，具说[⑨]已选得东坡乐府十余首，将继稼轩长短句而说之。颖公劈头便问：可有《贺新郎》“乳燕飞华屋”一首[⑩]么？苦水答曰：无有。但是选时确曾费过一番斟酌。不曾收入，并非遗漏，亦非嫌弃。说辛词时，曾经说明苦水词说，原备学人反三之助，所以选外仍有佳词；不过苦水之所欲言，已尽于现所入选之数首，不必重叠反复。譬如颖公所举之《贺新郎》，“乳燕飞华屋”

五字又是写夏日底名句，情象原不怎的。但读后令人自然觉得有一种夏日气息扑面打鼻而且包身而来，直至“悄无人、桐阴转午”，依旧暑气不退。待到“晚凉新浴”，方才有些子凉意。所以“手弄生绡白团扇，扇手一时似玉”之下，便自然而然地“渐困倚、孤眠清熟”也。然而仍是逃暑，并非是清凉。眼前情事，写得如此韵致，又是非老苏不办。但自此以下，尤其是过片而后，直至结尾，因为直咏榴花，苦水却觉得无甚可说。况且《洞仙歌》之“庭户无声，时见疏星渡河汉”，足足敌得过此“乳燕”以下数语。而“冰肌玉骨，自清凉无汗”，也实实好似他“手弄生绡白团扇，扇手一时似玉”也。所以既收《洞仙歌》之后，终于舍此《贺新郎》。然而道是不说，不说，也终竟是说了。不怨他颖公多口多舌，只怨苦水拖泥带水，自救不了。

读解：

一　舍《贺新郎》，苦水夹缠说了一通，却实实只是一句即可，“无甚可说”。

二　大处见大、大处见小、小处见大，亦是作文之三种层次与境界也。

三　《人间词话》云：境界有大小，然不以是而分高下。“细雨鱼儿出，微风燕子斜”，何遽不若“落日照大旗，马鸣风萧萧”。“宝帘闲挂小银钩”，何遽不若

“雾失楼台，月迷津渡”也。苦水之大小之说，可作此语之一注脚也。于《〈人间词话〉疏义》残稿里，苦水云：外景内心相遇交融，既成境界，便有创作。时而或值泰山崩颓，神智湛然；时而或值一瓣花飞，泪流如霰，是故境界只有真伪，更无大小可校计。在勃雷克（布莱克）亦有诗曰：粒沙窥世界，一花见天心；无限归掌握，永生在寸阴。(《顾随全集》)

四　作之不易，鉴赏亦难。苦水之甘苦言也。又，知堂曾以甘土代称苦水也。

五　苦水单拈出一个“自”字，自有千般佳处。又如髯公之“簌簌无风花自堕”之自，苦水以为全篇最佳。念至此，王安石“春风自绿江南岸”与“春风又绿江南岸”这桩公案，虽是俗句，也不妨举似。

注释：

①摩诃池：池名。在今四川省成都市。相传隋蜀王杨秀取土筑广子城，因为池。有一僧见之曰：“摩诃宫毗罗。”盖胡僧谓摩诃为大宫，毗罗为龙，谓其池广大有龙，因名“摩诃池”。一说，为隋萧摩诃所置，故名。

②长公：指苏轼。长公是对人之长兄的尊称。苏轼是苏辙之兄，故人称苏长公。

③出自唐张祜诗《集灵台》。

④葫芦提：糊涂。

⑤漉漉：湿润的样子。

⑥《东坡乐府笺》此词后附录有一则，云《温叟诗话》："……尝夜同花蕊夫人避暑摩诃池上，作《玉楼春》词：'冰肌玉骨清无汗，水殿风来暗香满。纤帘一点月窥人，欹枕钗横云鬓乱。　　起来琼户启无声，时见疏星渡河汉。屈指西风几时来，只恐流年暗中换。'"《温叟诗话》之真伪至今尚是一桩公案，顾随以此诗为东坡词之改作也。

⑦日昨：昨天。元柯丹丘《荆钗记·会讲》云："明日府尊堂试，他时大比，未知若何，此乃天命所赋，亦非人意所期也。日昨已曾相约朋友们讲学，以明经史，在此等候。"

⑧颖公：或是郑骞。郑骞（1906—1991），古典文学学者，台湾大学教授。曾以蜀生、灌筠、愧二陶室主人、颖白、闻韶、孔在齐等为笔名。郑骞毕业于燕京大学，与顾随渊源颇深，亦以词曲研究为终生志业。

⑨具说：详说，备述。

⑩苏轼《贺新郎》：乳燕飞华屋。悄无人、桐阴转午，晚凉新浴。手弄生绡白团扇，扇手一时似玉。渐困倚、孤眠清熟。帘外谁来推绣户，枉教人、梦断瑶台曲。又却是，风敲竹。　　石榴半吐红巾蹙。待浮花、浪蕊都尽，伴君幽独。秾艳一枝细看取，芳心千重似束。又恐被、秋风惊绿。若待得君来向此，花前对酒不忍触。共粉泪，两簌簌。

木兰花令

次欧公西湖韵[①]

霜余已失长淮[②]阔。空听潺潺清颍[③]咽。佳人犹唱醉翁词，四十三年如电抹。　草头秋露流珠滑。三五[④]盈盈还二八[⑤]。与余同是识翁人，唯有西湖波底月。

不知可确，据说会泅水底人，想要跳水自杀却非易事，以其浮而不沉故。说也可笑，平时惯浮，及其自杀有意求沉，却仍旧是浮。后天底习或可以变易先天底性，而一时之意却难左右后天底习也。者个且置。至如长公为词，擒纵杀活，在两宋作者之中，并无大了得。只是出入之际，他深深理会得一个出字诀。者个他亦未必有意，只是天性与学力所到，自然而然有此神通。所以作来不拘长调小令，悲愁欢喜，总还你一个宽绰有余。文心无迹，书法有形，只看他作字便知。后来学书人，一为苏体，往往模糊一片，更无一个能及得他疏朗清爽。有人说：长公诗文书法，俱似不十分着力。苦水则谓：这也还是那个出字诀在那里作用着。亦复即是开端所说，会泅水底人跳在水里，虽在有意自杀之时，也仍旧浮而不沉也。此一章《木兰花令》，是和六一翁之作。说起六一翁，不独是坡老前辈，而且在文字上，也有一番香火因缘。在文学震撼一世，及身享名这一点上，两人又正复相同。如今老坡移守颍州，正是六一翁四十三年以前旧治。抚今追昔，常人尚尔，何况坡老一代才人，与欧公又非泛泛之交乎？据年谱，坡老是年五十六岁。盖亦已垂垂老矣。此词虽是和作，莫只看他技巧，且复理会几个入声韵是何等凄咽。开端“霜余”两句，分明是凛凛深秋。当此之际，追念昔者，心中又是何等感喟。若是别个，便只有能入而不能出，然而又非所论于长公也。前片四句，一口气读下去，不知怎的，沉着之中，总溢出飘逸，而凄凉之中，却又暗含着雄壮。若说“长淮”之“阔”虽然已失，毕竟点出“阔”来，何况“清颍”正在“潺潺”，而“霜余”二字又暗示天宇之高、眼界之宽乎？若如此说，未必便孤负作者文心。但“佳人犹唱醉翁词，四十三年如电抹”两句之中，并无与前二语中类似字样，何以仍旧如彼其飘逸而雄壮耶？“犹唱”者何？前人不见也。“如电”者何？去日难追也。字法如此，固宜伤感到柔肠寸断、壮志全消矣，而仍旧如彼其飘逸与雄壮者何耶？读者于此，非于字底形、音、义三者求之不可。看他“佳”字、“翁”字，何等阔大。“人”字、“电”字，何等鲜明。“三年”两字，何等结实。“抹”字是借得欧公底，且不必说他真形容得日月如石火驹隙也。若谓苦水如此说词，何异三家村中说子路，则何不将此二句试改看：歌儿还自唱欧词，四十载来空一抹。总还不失作者原意，但读来岂但不复是词，简直不成东西。如此说来，难道那两句词便似贾阆仙[⑥]一般驴背上推敲出来底么？真个是不，不，一点也不。此义已于说《永遇乐》章“统如”三句时说过，此处不再絮聒。夫长公当此境地，所作之词，依然不为悲伤所制，而别具风姿，岂不又是出字诀底神通作用？又岂非一如没[⑦]人跳水自杀，依旧浮而不沉乎？而苦水所云，后天底习或可变易先天底性。而一时之意，却难左右后天底习者，岂不又可于此消息之乎？坡仙追悼欧公之词，此章之外，尚有一首《西江月》:“三过平山堂下，半生弹指声中。十年不见老仙翁，壁上龙蛇飞动。　欲吊文章太守，仍歌杨柳春风。休言万事转头空，未转头时皆梦。”据龙榆生笺，是老苏四十四岁之作。大约尚在壮年，豪气能制悲感，所以作来金钟大镛，满宫满调，学人容易理会得出，故弃之而取此《木兰花令》。至于《西江月》歇拍[⑧]两句,“万事转头空”者，言现在既成过去，日后回想，与梦无殊也。“未转头时皆梦”者，即身处现在，俗人俱认为非梦者，而有心之士亦以为皆梦也。就词论词，或者不见怎底。若以意旨而论，却是坡老底擅场，学人又不可忽略过去。

又龙笺引傅注引《本事曲集》[⑨]，谓：六一翁《木兰花令》原唱与坡公和作“二词皆奇峭雅丽”。苦水曰：欧词足足当得起此四字。若坡作，“奇峭雅”有之，“丽”则未也。

读解：

一　“出字诀”实实重要，会得此，不误苦水翁一番老婆心切也。能出能入，出入无间，出入之间方是格物也。

二　苦水以髯公此词无“丽”。“草头秋露流珠滑”或近“丽”。其余皆超迈之言也。

注释：

①欧阳修《木兰花令》(一名《玉楼春》)：西湖南北烟波阔，风里丝簧声韵咽。舞余裙带绿双垂，酒入香腮红一抹。　　杯深不觉琉璃滑，贪看六幺花十八。明朝车马各西东，惆怅画桥风与月。

②长淮：淮河。

③清颍：颍水。

④三五：十五。

⑤二八：十六。

⑥即贾岛。

⑦原文如此，疑为笔误，据文意及本则第一句，或为“泗”字。

⑧歇拍：每阕之末即歇拍。

⑨龙榆生笺注《东坡乐府笺》此词之笺，“醉翁”条：“傅注:《本事曲集》云：汝阴西湖胜绝名天下，盖自欧阳永叔始。往岁子瞻自禁林出守，赏咏尤多，而去欧阳公时已久，故其继和《木兰花》有‘四十三年如电抹’之句。二词俱奇峭雅丽，如出一人，此所以中间歌咏寂寥无闻也。文忠公自号醉翁。”(《东坡乐府笺》，上海古籍出版社2009年版，第308页)

西江月

顷在黄州，春夜行蕲水中，过酒家饮。酒醉，乘月至一溪桥上，解鞍曲肱[①]，醉卧少休。及觉已晓，乱山攒拥[②]，流水铿然，疑非尘世也，书此语于桥柱上。

照野弥弥[③]浅浪，横空暧暧微霄。障泥[④]未解玉骢骄。我欲醉眠芳草。　可惜一溪明月，莫教踏碎琼瑶。解鞍欹枕绿杨桥。杜宇数声春晓。

笔记载：长公与黄门既各南谪，相遇于途中。同在村店中食汤饼[⑤]。黄门微尝，置箸而叹，长公食之尽一器，谓黄门曰："子尚欲咀嚼耶？"大笑而起。[⑥]千载而下，读此一节，长公风姿尚可想见。学人于此一重公案，且道坡老此等处为是豪气？为是雅量？学人如欲加以分疏，首先须对豪气、雅量加以理会。要知豪气最是误事，一不小心，便成颟顸；再若左性[⑦]，即成痛痒不知，一味叫嚣。雅量亦非可强求，须是从胸襟中流出，遮天盖地始得。倘若误会，便成悠悠忽忽、飘飘荡荡、无主底幽灵。要说坡公天性中，原自兼有此二者。早期少年，逞才使气，有些脚跟不曾点地[⑧]，亦不必为之掩饰。待到屡经坎坷，固有之美德，加以后天之磨砻[9]，虽不能如陆士衡所谓“石蕴玉而山辉，水怀珠而川媚”[10]，亦颇浑融圆润，清光大来。所来老坡豪气雅量虽然俱有，学人亦且不得草草会去，致成毫厘相差，天地悬隔。此《西江月》一章，小序已佳，大约前人为词，不曾注意及此。先河滥觞，厥[11]维坡老，后来白石略能继响。然一任自然，一尚粉饰，天人之际，区以别矣。苦水平时常为学人分说[12]，文人学文，一如俗世积财，须是闲时置下忙时用，且不可等到三节来至，债主临门，方去热乱[13]。所以鲁迅先生说：“不是说时无话，只是不说时不曾想。”苦水亦常说：文章一道，不可以无心得，不可以有心求。亦复正是此意。大凡古今文人，一到有意为文，饶他惨澹经营，总不免周章[14]作态。惟有不甚经意之时，信笔写去，反能露出真实性情学问与世人相见。吾辈所取，亦遂在此而不在彼。坡公书札、题跋与词序之所以佳妙，高处直到魏晋，亦复正是此一番道理。若有人问：苦水本是说词，扯到词序，已是骈拇枝指[15]，今更扯到书札、题跋，岂不更是喧宾夺主？苦水则曰：要知北宋人词之妙处，与此亦更无两致。他们原个个有诗集行世，推其意，亦自矜重其诗。若夫小词，大半是他们酒席筵前信手写来分付歌者之作。其忒煞率意者，浅而无致，亦并非没有。若其高者，则又其诗所万不能及者也。此亦犹如右军[16]之《乐毅论》《东方画赞》，虽是笔笔着力，字字用心，倒是《兰亭》

一序，冠绝平生。又其短帖，亦往往得意外之意也。一首《西江月》字句之美，有目共赏。苦水若再逐字逐句，细细说下去，便是轻量[17]天下学人，罪过不小。不过须要注意者，坡老此词，乃酒醒人静，旷野水边，题在桥柱上面底。即此，便与彼伸纸吮毫与人争胜之作不同。更与彼点头晃脑、人前卖弄者异趣。如说此词虽写小我，而此小我与大自然融成一片，更无半点抵触枝梧，所以音节谐和，更无罅隙。这也不在话下。但所以致此之因，却在坡老此时确具此感。维其感得深，是以写得出，遂能一挥而就，毫无勉强。如问：苦水见个什么，便敢担保东坡确实如此，更无做作？苦水则曰：诗为心声，惟其音节谐和圆妙，故能证知其心与物之毫无矛盾也。不见《楞严经》中，佛问："汝等菩萨及阿罗汉，从何方便，入三摩地？"憍陈那五比丘即白佛言："于佛音声，悟明四谛。"又言："我于音声得阿罗汉。佛问圆通，如我所证，音声为上。"夫音声尚可以入佛，何至诗人所作之韵文，吾辈读之而不能得其文心哉？古亦有言：声音之道感人深矣。苦水曰：如是，如是。世人动以苏、辛并称，而苦水则以苏为圭角尽去，而以辛为锋芒四射。然其所以致此之因，苦水仍未说破。于此不妨再行漏逗[18]。老辛一腔悲愤，故与自然时时有格格不入之叹。饶他极口称赞渊明，半点亦无济于事。老苏豪气雅量化为自在，故随时随地，露出无入而不自得之态。乡村野店，一碗面条子，其于坡老也又何有？如此说了，更不烦再说苏、辛二人之于词有方圆生熟出入难易之分也。

读解：

一　此则证东坡之自在处，为无异议，为雅量，为自胸襟中流出，活泼泼也。故出入自如，自成境界。

二　此则苦水东拉西扯，言豪气雅量，言学文，言文心，最终落于“自在”二字。

注释：

①曲肱：弯着胳膊做枕头。《论语·述而》云：“饭疏食饮水，曲肱而枕之，乐在其中矣。”

②攒拥：丛聚；簇拥。

③弥弥：水满的样子。《诗经·邶风·新台》云：“新台有泚，河水弥弥。”

④障泥：垂于马腹两侧，用于遮挡尘土的东西。唐李白《紫骝马》云：“临流不肯渡，似惜锦障泥。”

⑤汤饼：水煮的面食。

⑥陆游《老学庵笔记·卷一》载，吕周辅言：东坡先生与黄门公南迁，相遇于梧、藤间。道旁有鬻汤饼者，共买食之。粗恶不可食，黄门置箸而叹，东坡已尽之矣。徐谓黄门曰：“九三郎，尔尚欲咀嚼耶？”大笑而起。秦少游闻之，曰：

"此先生'饮酒但饮湿'而已。"(载《老学庵笔记》,中华书局1979年版,第12、13页)

⑦左性:性情固执,遇事不肯变通。

⑧脚跟不曾点地:禅宗语,指修行悟道尚欠缺功夫。

⑨磨砻:磨炼。

⑩语出陆机《文赋》。

⑪厥:乃,于是。

⑫分说:分辩、辩说。元无名氏《抱妆盒》第二折:"我这里越分说,他那里越疑猜。"

⑬热乱:忙乱、纷乱。《京本通俗小说·西山一窟鬼》:"一夜热乱,不曾吃一些物事,肚里又饥。"

⑭周章:犹周折。

⑮骈拇枝指:喻多余无用之物。典出《庄子·骈拇》:"骈拇枝指,出乎性哉,而侈于德。"成玄英疏:"骈,合也,大也,谓足大拇指与第二指相连合为一指也。枝指者,谓手大拇指傍枝生一指成六指也。"

⑯即王羲之。

⑰轻量:轻视,小看。

⑱漏逗:原是疏漏、疏忽之意。如宋严羽《沧浪诗话·诗评》:"有如高达夫《赠王彻》云:'吾知十年后,季子多黄金。'金多何足道,又甚于以名位期人者。此达夫偶然漏逗处也。"此处顾随咏之,应是泄露之意吧。

临江仙

送王缄

忘却成都来十载，因君未免思量。凭将清泪洒江阳[①]。故山[②]知好在，孤客自悲凉。　坐上别愁君未见，归来欲断无肠。殷勤且更尽离觞。此身如传舍[③]，何处是吾乡。

诗之为用，抒情写景，其素也。渐而深之为说理，抑扬爽朗，而情与景于是乎为宾。扩而充之为纪事，纵横捭阖，情辅景佐，包抱义理，蔚为大观。词出于诗，而其为体，纪事为劣，说理或可，亦难当行，苟非大匠，辄伤浅露。惟于抒情、写景二者曲折详尽，乃能言诗所不能言。然大家之作，多为寓情于景，或因景见情。若其徒作景语而能佳胜，亦不数觏[④]。西国于诗，抒情一体，区分独立。华夏之“词”，总核名实，谓之相副，无不可者。顾情之为辞，乃是总名。疆分界画，累椿[⑤]难尽。详而长之，请俟异日。若其写之于词，普遍通常，伤感而已。平居常谓：伤感也者，人所本有。故虽非作者，而见月缺以情移，睹花落而心悲，上智下愚，或当别论，吾辈具是凡夫，陷此大网，鲜能脱离。若其施之诗词，尤为抒情诗人之所共具。惟其一触即发者，每失肤泛，不堪回味。至其衷心回荡酝酿，发之篇章，温馨朗润，感人之力，至不可忤。或出不中规，言过其实，卤莽灭裂，乃成嘶嗄。是则小泉八云氏所谓痉挛，非所论也。亦有搔首弄姿，竞趣巧丽，浮漂[6]不归，空洞无实。如是之作，尤无取焉。此《临江仙》一章，龙笺引朱彊村先生曰："按本集，'仲天贶、王元直自眉山来见余钱塘，既行，送之诗'。[7]施注：'王箴字元直，东坡夫人同安君之弟也。'王缄未知即箴否。"[8]苦水曰：当是也。何以故？吾尝举此词与《江城子》"十年生死两茫茫"一章，为长公极度伤感之代表作。老坡平日见解既超，把握亦牢，苟非骨肉亲戚之间，生死别离之际，所言必不如此。且两章俱用阳韵，几如失声痛哭。如非情不自禁，当不至是。于此可知人类无始以来，八识田中有此一种本惑种子，复加熏习，遂乃滋生，有如乱草，雨露所濡，蔓延无际，吾人堕落日以益深。《佛遗教经》言："譬如老象溺泥，不能自出[9]，真可痛也。"夫以坡老如彼才识，尚复如此，况在中下，宁有既[10]乎？或问：子为是言，类出世法，与词何有？苦水则曰：此无二致。伤感虽为抒情诗歌创作之源，而诗家巨人，每能芟除，或以担荷，或以透出。前者如曹公、如工部，后者如彭泽。故其壮美也，有似海立而云垂；其优美也，一如云烟之卷舒。不同小家数者，利用伤感，蛊惑读者，又如恶疾专事传染已。夫食以养生，苟其无食，一日则饥，十日则死。此其重要当复何若？而袁安雪中忍饥高卧，又有人焉，学道辟谷，乃成飞仙。苦水虽曰伤感实为创作源泉，究其重要，非食于生。姑云云者，不独为是向中人说，亦且令学人慎重鉴彼曹公、少陵与渊明者，知所取则，虽未刈除类如辟谷飞仙，亦当忍耐如彼袁安也。或者又曰：此词结尾二句“此身如传舍，何处是吾乡”，坡公固已透出矣。苦水曰：不然，人有丧其爱子者，既哭之痛，不能自堪，遂引石孝友《西江月》[11]词句，指其子之棺而詈之曰：“譬似当初没你。”常人闻之，或谓其彻悟，识者闻之，以为悲痛之极致也。此词结尾二句与此正同。若能于此悟人，心死一番，或有彻悟之时。遂谓此为是，未见其可也。集中尚有《临江仙·送钱穆父》“一别都门三改火”一章[12]，若以词致论，似较胜于今兹所说之作。其结尾曰“人生如逆旅，我亦是行人”，虽未必即到庄子所谓“送君者自涯而返，而君自此远矣”之境界，但亦悠然有不尽之意。其透出伤感，亦远过于适间所说之二语。苦水之终于弃彼取此者，其故有二。一者，彼为朋友，此为懿亲，己象他象之际，情感不免有厚薄之分，而透出遂亦不无难易之别。二者，兹余所选，不尽佳词，前已言之。但能藉彼篇什，尽我言说，足矣。苦水尚不敢轻量天下士，其敢遂以只手掩尽天下人耳目哉！

读解：

一　苦水以副题之赠者为东坡妻弟为由，述说伤感乃是创作之源泉，并举以担荷与透出之二途。乃是苦水通透体贴之处也。其余如中西之分、诗词之别，苦水亦时时念之。或曰，此乃苦水之词说世界也。

二　伤感犹如世间大网，渊明透出，是为优美；孟德担荷，是为壮美。苦水亦以观堂《人间词话》之说为立论之基础也。

注释：

①江阳：江北。此处指杭州。

②故山：故乡。

③传舍：古时供行人休息住宿的处所。元萨都剌《金陵道中题沈氏壁》诗："万里关河成传舍，五更风雨忆吾庐。"

④觏：遇见。

⑤楮，落叶乔木，树皮是制造桑皮纸和宣纸的原料。亦作纸的代称。

⑥浮漂：泡沫。

⑦苏轼此诗名为《仲天贶、王元直自眉山来见余，钱塘留半岁，既行，作绝句五首送之》。

⑧《东坡乐府笺》卷三，商务印书馆1936年版，第11页。

⑨出自《佛遗教经》之“十一 远离”，云：“……世间缚著，没于众苦，譬如老象溺泥，不能自出。是名远离。”

⑩既：尽。

⑪石孝友《西江月》：“拽尽风流露布，筑成烦恼根基。早知恁地浅情时。枉了教人恁地。　　惜你十分搁就，把人一味禁持。这回断了更相思。比似人间没你。”（载《唐诗宋词元曲全集·唐宋全词（第4册）》，周振甫主编，黄山书社1999年版，第1595页）

⑫《临江仙》：“一别都门三改火，天涯踏尽红尘。依然一笑作春温。无波真古井，有节是秋筠。　　惆怅孤帆连夜发，送行淡月微云。尊前不用翠眉颦。人生如逆旅，我亦是行人。”［载《苏轼词全集（汇校汇注汇评）》（第2版），崇文书局2015年版，第377页］

定风波

三月七日，沙湖道中遇雨。雨具先去，同行皆狼狈，余独不觉。已而遂晴，故作此词。

莫听穿林打叶声。何妨吟啸且徐行。竹杖芒鞋轻胜马，谁怕？一蓑烟雨任平生。　料峭春风吹酒醒，微冷。山头斜照却相迎。回首向来萧瑟处，归去，也无风雨也无晴。

吾观大家之作，殆无不工于发端。不独孟德之“对酒当歌”、子建之“明月照高楼”也。此在作者未必有意，推其命篇之意，尤不必在此发端，竟工至如是者，殆以不甚经意之故。盖当其开端之时，神完气足，愈不经意，愈臻自然。至于中幅，学富才优者，或不免于作势，下焉者竟至于力疲。所以者何？有意也。迨及终篇，大家或竟罗掘[①]，下者直落败阙。所以者何？意尽也。元乔梦符[②]之论制曲，有凤头、猪肚、豹尾之说，盖亦叹其难于兼备。吾谓此岂独然于曲，凡为夫文，莫不胥然[③]矣。夫坡公之为是《定风波》也，其意在“一蓑烟雨任平生”与“也无风雨也无晴”乎？世人之赏此词也，其亦或在二语乎？苦水则以为妙处全在发端之“莫听穿林打叶声，何妨吟啸且徐行”，而尤妙在首句。即以此为潘大临之“满城风雨近重阳”[④]，亦殆无不可，或竟过之，亦未可知。何以故？潘老未免凄苦，坡仙直是自在也。且也曰“穿”，曰“打”，而风之“穿林”与雨之“打叶”，不徒使读者能闻之，且使如竟见之也。而冠之以“莫听”，继之以“何妨”，写景与用意至是乃打成一片。千载而下，吾人遂直似见风雨中髯翁之豪兴与雅量也。学人试持此与辛幼安《鹧鸪天》之“莫避春阴上马迟，春来未有不阴时”，比并而读之，则于吾所谓出入与透出、担荷者，或亦不复致疑矣乎？“一蓑”七字，尚无不可。然亦只是申明上二语之意。若“也无风雨也无晴”，虽是一篇大旨，然一口道出，大嚼乃无余味矣。然苦水所最不取者，厥维“竹杖芒鞋轻胜马，谁怕”二韵。如以意论，尚无不合。惟“马”“怕”两个韵字，于此词中，正如丝竹悠扬之中，突然铜钲[⑤]大鸣；又如低语诉情，正自绵密，而忽然呵呵大笑。此且无论其意之善恶，直当坐以不应。所以者何？虽非无理取闹，亦是破坏调和故。是以就词论词，“料峭春风”三韵十六字，迹近敷衍，语亦稚弱，而破坏全体底美之罪尚浅于“马”“怕”二韵九字也。学人如谓苦水为深文周内，则苦水将更吹毛求疵。夫竹杖芒鞋之轻，是矣，胜马奚为？晚食当肉，安步当车，人犹谓其心目中尚有肉与车在，则此胜马，岂非正复类此。拖泥带水，不挂寸丝之谓何？透网金鳞之谓何？若夫“谁怕”，此是何事而用怕耶？或者将曰：此言谁怕，是不怕也。苦水则曰：无论不与非不，总之不能用怕。当年黄龙[⑥]公举拳问学人曰：唤作拳头则触，不唤作拳头则背。东坡于此，纵使不背，亦忒煞触了也。吾不能起髯苏于九原而问之。学人如不肯苦水，则请别下一转语。莫只道苦水不识惭愧，只会去呵佛骂祖也。

读解：

一　东坡此词横绝千古，谓为名篇。郑文焯亦云：以曲笔直写胸臆，倚声能事尽之矣。然苦水则只以为开端好，其余皆是败阙。真真是大胆，然又有理。然仅此二句，便成名篇也。

二　“发端”“中幅”“终篇”，全以意为之。得之无意，失之有意，败之意尽。意之为何？苦水先生云：透网金鳞。全无碍凝，方得神行也。

三　苦水云：总之不能用怕。然也，用“怕”即落入下乘。黄龙之触背关难过。

四　苦水此评乃是深得作文之三昧也。从开端、中幅、结尾三段论之，开端即是命意，虽是神来之笔，亦是作者人格、修养、意趣久蓄而一朝冲出，如济慈所云“偶然的神笔”。如作者力有未逮，或精力不济，便是一而衰，再而竭之局面了。坡仙此词，确乎如此。

以下虽亦可称名句，然意味已至淡薄，强弩之末吧。此词此评均可作写作教科书也。

注释：

①罗掘：即罗雀掘鼠，谓粮尽而张网捕雀、挖洞捉鼠以充饥。此处形容想尽办法以终篇之态也。

②乔梦符：即乔吉，元代文人，一作乔吉甫，字梦符，号笙鹤翁、惺惺道人。太原人，后居杭州。现存有杂剧《扬州梦》等。元陶宗仪《南村辍耕录·卷八·作今乐府法》：“（乔梦符）尝云：‘作乐府亦有法，曰：凤头、猪肚、豹尾六字是也。大概起要美丽，中要浩荡，结要响亮。’”

③胥然：尽皆如此。

④宋惠洪《冷斋夜话》卷四云：湖北黄州人潘大临工诗，多佳句，然甚贫。东坡、山谷尤喜之。临川谢无逸以书问：“有新作否?”潘答书曰：“秋来景物，件件是佳句，恨为俗氛所蔽翳。昨日闲卧，闻搅林风雨声，欣然起，题其壁曰：‘满城风雨近重阳。’忽催租人至，遂败意。只此一句奉寄。”

⑤铜钲：古代的一种乐器，形似钟而狭长，有长柄可执，口向上以物击之而鸣，在行军时敲打。

⑥黄龙：即黄龙慧南。禅宗高僧，创立临济宗黄龙派。

南乡子

梅花词和杨元素[①]

寒雀满疏篱。争抱寒柯[②]看玉蕤[③]。忽见客来花下坐，惊飞。踏散芳英落酒卮。　　痛饮又能诗。坐客无毡醉不知。花尽酒阑春到也，离离[④]。一点微酸已着枝。

杨诚斋绝句曰：“百千寒雀下空庭，小集梅梢话晚晴。特地作团喧杀我，忽然惊散寂无声。”[⑤]苦水早年极喜之，以为写寒雀至此，真不孤负他寒雀也。“特地作团”四字，令人便直头[⑥]听见啁啾即足之声，说“喧杀我”，遂真喧杀我。“忽然惊散”四字，又令人直头觉得群雀哄然一阵，展翅而去，说“寂无声”，遂真个耳根清净，更没音响也。而持以与此《南乡子》开端二语相比，苦水不嫌他杨诗无神，却只嫌他杨诗无品。“寒雀满疏篱，争抱寒柯看玉蕤”，“满”字、“看”字，颊上三毫，一何其清幽高寒，一何其湛妙圆寂耶？便觉诚斋绝句二十八个字，纵然逼真杀，纵然生动煞，与苏词直有雅俗之分，又岂特上下床[⑦]之别而已？便是“忽见客来花下坐，惊飞。踏散芳英落酒卮”，亦高似他“忽然惊散寂无声”。苦水并非压良为贱，更非胸有成见，一双势利眼直下看他杨万里，高觑他苏胡子。何以故？杨诗“惊散”之下，而继之以“寂无声”，是即是，只是死却了也。不然，也是澹杀了也。苏词“惊飞”之下却继之以“踏散芳英落酒卮”，虽不能比他“高馆落疏桐”，亦自余韵悠然。烂不济，亦比杨诗为宽绰有余。若道这个又是诗词之分，苦水听了，便只有大笑而起，更不置辩，一任具眼学人自去理会。若道苦水颟顸，杨诗意在写雀，故如彼，苏之《南乡子》，明题作“梅花词”，故而如此也。于此，苦水若说诚斋不是明明道他“小集梅梢”么？便是缠夹，不免另竖起葛藤桩子。辛稼轩《瑞鹤仙·赋梅》曰：“倚东风，一笑嫣然，转盼万花羞落。”苦水向日亦极喜之，以为从来写梅者不曾如此写，辛老子如此写了，真乃又使梅花既不失品格，而又活生生地与世人相见也。记得当年明公曾问苦水：此不是写杏花耶？尔时苦水便休去。及今思之，倚风嫣然，或是杏花。万花羞落，杏花纵转盼煞，却万万不办。然持以与此《南乡子》开端二语相比，又觉稼轩写来吃力，着色太浓，不如坡老笔下自在，情韵澹雅。学人或者又曰：老辛正面攻杀，老苏侧击旁敲，故尔如然。苦水曰：车行舟行，两可到家，吾辈只看他到家与否便得，分甚舟之与车？若说侧击旁敲，原自不无。但亦不过论文之士方便说法，立此假名，学人切勿执为实有，以致东西悠荡，不着边际也。此义大长，如今急于说词，姑止是。一首《南乡子》，高处妙处，只此开端二语。“忽见”二韵十六个字，苦水虽曾以之压倒诚斋之诗，与前两句衡量之，已有自然与人力之差。最糟是过片之“痛饮又能诗。坐客无毡醉不知”。“坐客无毡”自可，“醉不知”也去得，然已自嫌他作态自喜矣。若“痛饮又能诗”，则决是糟。不知怎的，后来诗人作品中只一说到自家之饮酒赋诗，纵不出丑，也总酸溜溜的。以文论之，到此之际，十九有拼补凑合之迹。且不可举他老杜之“此身饮罢无归处，独立苍茫自咏诗”。须看“无归处”是甚底情境？“立苍茫”是何等气象？到此田地说不说俱得，否则一说便不得也。又且不可举他彭泽老子之篇篇说酒。今且不须检阅全集，只如“忽与一觞酒，日夕欢相持”，后来哪个又有此胸襟情韵耶？老苏作此词时，虽曰纪实，亦不合草，以至今日竟向苦水手里纳却败阙也。至于歇拍两韵，有底喜他“一点微酸已着枝”一句。苦水却不然。学人问这“不然”么？苦水原拟待汝一口吸尽西江水[8]时，再与汝说。如今也不必了。还记得苦水说《西江月》“照野弥弥浅浪”一章，论及词序、书札、题跋处否？倘若并不记得，只仍参此章开端二语亦得。参禅衲子[9]好问：西来何意[10]？这个与我辈今日无干。只今且道：那“寒雀”十二个字是何意？

读解：

一　近时电影《寒枝雀静》正应“寒雀”词，然仅是第一句也。其后孰料竟如此活泼。可见古人之心与今人之心、古人世界与今人世界之轩轾也。

二　起首二句气象好处，苦水说之不尽，直要“一口吸尽西江水”。

三　“寒雀”即是文章作法之西来意也。

四　苦水于髯公例是半肯半不肯。“一点微酸已着枝”之句，多以“微酸”喻梅花为高明，其实已露形迹，或曰费力，算不得上乘手段。

五　苦水此篇举诚斋寒雀诗、髯公梅花词及稼轩梅花词对比，一层高过一层，可见境界之高下深浅也。“转盼万花羞落”之于“一点微酸已着枝”，直是万古也。而“喧杀”句，遂低到尘埃里了。

注释：

①杨元素：名绘，四川绵竹人，为苏轼同乡与好友。曾任杭州知府。《文献通考》云其“为文立就”。苏轼与其在杭州相聚，唱和甚多。

②寒柯：冬天的树木。

③玉蕤：玉的精华，此处比喻莹洁的花。

④离离：飘动的样子。

⑤诗题为《寒雀》。

⑥直头：径直。

⑦上下床：高低悬殊。元方回《追和艮轩俞同年题程一甫诗卷》："人物真高绝，何徒上下床。"

⑧一口吸尽西江水：禅宗常用之公案，典出庞居士事。《景德传灯录·居士庞蕴》云："后之江西，参问马祖云：'不与万法为侣者是什么人？'祖云：'待汝一口吸尽西江水，即向汝道。'"

⑨衲子：僧人。

⑩西来意：禅宗常用之公案。《五灯会元·赵州章》云："僧问：如何是祖师西来意？州云：庭前柏树子。"

南乡子

送述古

回首乱山横。不见居人只见城。谁似临平山上塔，亭亭。迎客西来送客行。　归路晚风清。一枕初寒梦不成。今夜残灯斜照处，荧荧。秋雨晴时泪不晴。

坡公伤感之词，吾所选录，前此已有《木兰花令》及《临江仙》，并此一章，鼎足而三。然生离死别，其迹近似，出入变化，内容实殊。《临江仙》之送王缄，情溢乎辞，纯乎其为伤感者也。《木兰花令》笔力沉雄，气象阔大，盖于伤感有似超出，且加变化。说已详前，兹不复赘。至于斯篇，前片既叹人不如塔，亭亭无觉，迎送来去，后片复写残灯初寒，秋雨或歇，泪雨难晴。夫如是，则其伤感当至深矣。而试一观其命辞构语，工巧清丽，盖已不纯置身伤感之中，一任包围，但听支配；而已能冷眼情感之旁，细心观察，加意抒写。推究根源，一则任情，一则有想。夫情之与想，势难两大。此仆彼起，彼弱此强。当情盛时，想不易起。及想炽时，情必渐杀。古今中外，法尔如然。此则"送述古"之情固浅于"送王缄"，而《南乡子》之辞较工于《临江仙》者也。《孝经》有言，丧言不文。老聃亦云，美言不信。丧言不文者，意不暇及也。美言不信者，华过其实也。然则文事，难言之矣。言之无文，文之谓何？过饰藻丽，情或近伪。必也情经滤净，辞能称情，施之篇章，庶乎近之。是故伤感虽为创作源泉，苟无羁勒，譬彼逸马，即有骏足，适能覂驾[①]。若其情不真挚，修辞虽巧，藻绘粉饰，徒成浮漂。吾于说词，屡及之矣。夫创作之源，阕本乎情，遣辞之工，实基于想。顾今所谓情、想二名，借自释氏，善巧方便，即何敢言。能近取譬，或助参悟。而哲人之想，一本理智，排斥感情。有如恶木遮山，伐木而山方出；乱草侵花，刈草而花始繁。其旨务在以想杀情。是其为想力求真实，排除虚妄，总归一有。若文士之想，间或不无藉助理性。要其本旨，乃在显情。有如画月者，月无可画，画云而月就。绘风者，风本难绘，绘水而风生。是其为想，今世所谓幻想、联想。固亦求真，而与彼哲人，标的不同，取经亦异。籀[②]而绎[③]之，判然别矣。苦水于是乃说坡词，藉资证明。临平山上，一塔亭亭，固已。若夫送迎去来，塔本无知，于彼何有？是则"亭亭"为真，而送迎也者，词人之想。秋雨曰晴，是已。泪既非雨，何有晴否？是则"秋雨"为真，而泪雨不晴，又词人所想也。以上二处，持较《临江仙》之"凭将清泪洒江阳。故山知好在，孤客自悲凉"，如以情论，则前者多伪，而后者多真。如以词论，则又前者较胜，后者较逊也。

若是，其果伪者为优，真者为劣耶？丧言不文，美言不信，亶[④]其然乎？然真者诚真，而伪者果伪耶？厨川白村之论文[⑤]也，文学之真，科学之真，区分为二。世有二真，殆类戏论。吾兹窃谓：二者之外，当更别立哲理之真。真乃有三，大似呓语矣。自惭小智，屡经思维，迄于终竟，不得不尔。析其奥微，俟之明哲。而在英国淮尔德[⑥]氏，乃复致慨于彼说谎之衰颓。是则于文，以伪立论。与吾中土古圣所谓修辞立诚，大相径庭。淮氏制作，未臻上乘。若其品性，时涉乖僻。至于斯论，虽类诡辩，实有可采，未可遽尔以人废言。吾国诗教，温柔敦厚。溯在往古，允当斯旨。汉魏以来，不失平实。洎[⑦]乎六代，宗老、庄者惟旷达，崇释氏者尚空无。其有志于文之士，善感锐察，又刘彦和氏所谓“窥情风景之上，钻貌草木之中”者也。独于纪事长篇，奇情壮彩，推波助澜，甚苦无多。《孔雀东南飞》《木兰辞》自推巨擘，终似贫弱。降及唐代，诗称极盛。其有作者，少陵之《北征》《奉先咏怀》，而其中心，究为小我。纵极张皇，亦伤局促。“三吏”“三别”，虽近客观，既无主名，非纯叙述。自兹而下，益等自郐[⑧]。白乐天氏之《长恨歌》，体制近是，而抒写铺叙纵使详明，补缀破碎，究未闳阔。众口脍炙，余无取焉。遥观西国，希腊之剧，荷马之歌，敻[⑨]乎远矣。莎翁之巨制及十八世纪仿古之名作，吾国至今，仍属阙如。推其大原，何其非说谎衰颓之所致欤？顾维兹义，非数言可了。吾今说词，沿流讨源，聊发其端。因念坡公在黄州时，强人说鬼，昔者以为无聊，以为风趣，及今思之，情为作因，而想以佐情，伪以显真。此正坡老之文心，而说谎之妙用也。若然，则此临平之一塔，泪雨之不晴，殆尚其豹之一斑，而龙之半爪耶？

读解：

一　苦水于此则纠缠久矣，最后于“情”与“想”之外，又拈出一个“真”与“伪”。然髯公此词与“真”“伪”之问题似无涉也。可说是强说苏词。大约苦水仍不许此词罢。

二　厨川白村、淮尔德、希腊、荷马、莎剧，乃是苦水之西方世界也。

三　中国无长篇、史诗之说，流传已久，苦水以“真伪”试解之。盖亭、塔之拟人化，如静安所云主观之客观，不同于“说谎”“面具”之喻也。

注释：

①覂驾：覆车。喻难以驾驭，易致失败。

②籀：阅读。

③绎：抽出，理出头绪。

④亶：诚然。

⑤指厨川白村的《苦闷的象征》。

⑥淮尔德：指英国作家王尔德。

⑦洎：及，到。

⑧自郐：即自郐以下。意谓以下的不值得评论。

⑨敻：远。

蝶恋花

暮春别李公择

簌簌无风花自堕。寂寞园林，柳老樱桃过。落日多情还照坐。山青一点横云破。　　路尽河回人转柁[①]。系缆渔村，月暗孤灯火。凭仗飞魂招楚些[②]。我思君处君思我。

一部《东坡乐府》，苦水只选他十首，人或不免嫌其太苛。而此一首《蝶恋花》居然入选，人将更笑苦水之抛却真金抱绿砖也[③]。不须学人指摘，如今苦水且先自行检举一番。词题曰《暮春别李公择》，俨然是个截搭题。要说惜别本可包括时令，何须别标暮春？可见老坡于此，自己亦觉悟到前后片之少联络，盖前片之写暮春，既不露惜别，与后片之写惜别，更不见暮春也。为文终非写八股，只要过渡下去，便可打成两橛。计出无奈，只好写成恁样一个题目，聊作解嘲。学人莫捉苦水败阙，说：稼轩岂不亦有"读《庄子》，闻朱晦庵即世"底一首《感皇恩》乎？何以日前说辛时如彼招[④]，如今说苏时便如此搦耶？且莫质疑于苦水之一眼看高，一眼看低。试看老辛前半阕之"忘言""知道"，眼光直射到后半阕之"《玄经》遗草"，后半阕之"江河流日夜，何时了"，神情直回到前半阕之"梅雨霁，青天好”，便可证知他针线密缝，不似老苏此词之拆开来，东一片，西一片也。既如是，果何所取而录此词耶？也只爱他发端高妙耳。夫写春而写暮春，写花而写落花，诗人弄笔，成千累万，老苏于此，有甚奇特？试参他第一句“簌簌无风花自堕”，“簌簌”字、“自”字，真将落花情理写出，再不为后人留些儿地步。尤妙在“无风”，便觉落花之落，乃是舒徐悠扬，不同于风雨中之飘零狼藉。及至“堕”字，落花乃遂安闲自在地脚跟点地了也。“簌簌无风花自堕”之下，而继之曰“寂寞园林，柳老樱桃过”。澹沲[5]之春光已去，清和之初夏将临。一何其神完气足？“落花相与恨，到地一无声”[6]，妙句也。硬扭他落花，相与客情作么？“一片花飞减却春，风飘万点正愁人”[7]，健句也。减春愁人，将何以堪？更有进者，“簌簌无风花自堕。寂寞园林，柳老樱桃过”，直透出天地之妙用、自然之神机，自然而然，行乎其所不得不行。人力既无可施，造化亦只任运。更不须说瓜熟蒂落、水到渠成也。到这里，虚空纵尚未成齑粉，而悲戚欢喜早已一齐百杂碎了也。不说品之高，即只此韵之远，坡公以前以后，词家有几个到得？学人莫只道他写景好。苦水当日读简斋诗，极喜他“归鸦落日天机熟”[8]一句。今日持较苏词，嫌他简斋老子一口道破，反成狼藉耳。如论蕴藉风流，仍须是髯公始得也。大凡大英雄行事，岂必件件尽属惊天动地，但总有一二事，做到前人做不到处。大文人之作，岂必句句震古烁今，但总有一二语，说到前人说不出处。若不如是，屋上架屋，床下安床[9]，纵非依草附木底精灵，也是贼德害道底乡愿。争怪得苦水为此两韵，录此一词？但两韵之后，“落日多情”十四字，读来总觉得硬骨碌地[10]，不似坡公平日笔致之圆融。过片“路尽”两韵，吾观宋人之词，送别之作，往往写送客一程，居人独归之情景，坡词于此，想亦是也。“月暗孤灯火”，“火”字须是“明”字，修辞格律始合。今以为韵所牵，易明为火，不得，不得。如谓“灯火”二字合成一名，原无不可。但只着一“孤”字形容，未免凑合。结尾之“我思君处君思我”，虽乏远韵，亦自去得。但上句之“凭仗飞魂招楚些”，又何耶？《水浒传》里李铁牛大哥见了罗真人归来之后，乃云不省得说些甚底。苦水于苏词此处亦复不省得苏胡子说些甚底。或当是楚些招飞魂之意。若然，则又是削足适履了也。老坡此词，如是败阙。苦水今日一一分明举似学人，岂是苦水才情高似东坡，苦水更别有说在。赏观名家之作，一集之中，往往有几篇，一篇之中，往往有数语，简直一败涂地。数语在一篇，瑕不掩瑜，且自听之。几篇之在全集，何似删之为愈？如说前人有作，后人编集，不免求备，故有斯愚，则作者当时何如不作？作了又何必示人？这个便是中土文人颟顸处，不经意处。极而言之，不自爱惜处。何况词在北宋，尚未列入正统文学之中乎？然而有一利必有一弊底反面，却又是有一弊也有一利。更不用说短处即是长处。古人神来之笔，不必另起葛藤，即此《蝶恋花》发端两韵，苦水再三赞美而不能已者，也还是此颟顸、此不经意、此不自爱惜。刘彦和《文心雕龙·总术》篇曰："执术驭篇，似善弈之穷数。弃术任心，似博塞[11]之邀遇。"又曰："博塞之文，借巧傥来，虽前驱有功，而后援难继。"又曰："善弈之文，则术有恒数，按部整伍，以待情会，因时顺机，动不失正。数逢其极，机入其巧，则义味腾跃而生，辞气从杂而至。"论文之文，善巧方便，一至于此，而其行文，亦复大有"义味腾跃而生，辞气丛杂而至"之乐。苦水只有顶礼赞叹，而又虽不能至，心向往之矣。但苦水却亦有小小意见，要共者位慧地[12]大师理会一向。博塞之文，不如善弈之文，此在学人参修，原自不误。若大家创作，神游物化，却不拘拘于此。所以陆士衡曾说"或竭情而多悔，或率意而寡尤"也。若邀遇绝对不如穷数，陆氏便不如是说了也。诚如彦和所云善弈强似他博塞，何以下文又说"以待情会，因时顺机"乎？所谓情会与时机者，岂非仍有类于博塞邀遇底"遇"耶？如只任术便得，尚何须乎机与会之顺与待耶？即以博弈而论，谚亦有云：棋高无输，牌高有输。其故亦在穷术与任运，饶你赌中妙手，无如牌风不顺，等张不来，求和不得，仍是大败亏输。若棋则不然，高手决不会输。若偶尔漏着，输却一盘，定是棋术尚未十分高妙也。然而此亦言其常耳。若是手气旺盛，则虽赌场雏手，无奈他随手掷去，尽成卢雉[13]。此则东坡词中所谓六只骰子六点儿，赛了千千并万万者。饶你多年经验，不免向他雏手手中，落花流水一般纳败阙也。若是着棋却不然。纵使高手，倘遇劲敌，所差不过一子半子，即便费尽心机，赢则决定是赢，而所赢仍不过此一子半子，决定不会楸枰之上，黑子尽死，白子全活也。虽曰文事不能全类博弈，然而那颟顸，那不经意，甚至那不自爱惜，有时如着棋，真能输却全盘。若是如赌博，忽然大运亨通，合场彩物便尽归他一人手里。若然则坡老此词之开首两韵，其博塞之遇来，是以如有神助，而其以下直至歇尾，又其弈棋之术疏，是以全军俱覆也乎？

读解：

一　苦水此篇，体贴苏词而行，可为写作之鉴也。

二　苦水全篇以文心之“博塞”与“善弈”之为喻，即所谓灵感与结构欤？东坡此词为有灵感而无结构也。苦水于刘勰之说更转一语，揶揄坡仙，虽“博塞”“善弈”皆具，然仍一败涂地也。

三　苦水此篇即是今所云坡仙高开低走也。又是程咬金三斧头之谓也。开端句甚妙，余势至终篇，虽平平，依旧看得。此乃苦水意乎？

四　苦水说此词开端二句，举崔道融、杜甫二句，可谓一层又转一层，用以解髯公自在之处。此乃苦水拿手好戏也。

注释：

①柁：同舵。

②楚些：《楚辞·招魂》用楚国流行的招魂词写成，句尾多“些”字。后用“楚些”泛指楚辞，或楚国的乐调。宋范成大《公安渡江》诗云：“伴愁多楚些，吟病独吴音。”

③抛却真金抱绿砖：真金为佛教常用语，如八重真宝便是金、银、鍮石、假宝、赤白铜铁、白镴、铅、锡。禅宗公案里常以“真金”为喻，如《景德传灯录·吉州灵岩慧宗禅师》云“问如何是学人自己本分事。师曰抛却真金拾瓦砾作么”。真金与瓦砾相对，指悟道之真境地也，如“即心即佛”之佛。正文里的绿砖不知所出，大约与瓦砾之意相同。

④参见“稼轩词说”下卷《感皇恩》。

⑤澹沲：荡漾。

⑥崔道融《寄人·其二》：“澹澹长江水，悠悠远客情。落花相与恨，到地一无声。”

⑦杜甫《曲江二首·其一》：“一片花飞减却春，风飘

万点正愁人。且看欲尽花经眼，莫厌伤多酒入唇。江上小堂巢翡翠，苑边高冢卧麒麟。细推物理须行乐，何用浮名绊此身？”

⑧陈与义：宋代诗人，字去非，号简斋。其诗《十月》云：“十月北风催岁兰，九衢黄土污儒冠。归鸦落日天机熟，老雁长云行路难。欲诣热官忧冷语，且求浊酒寄清欢。孤吟坐到三更月，枯木无枝不受寒。”

⑨屋上架屋，床下安床：重复累赘之意。清冯班《钝吟杂录·正俗》：“必如所云，则乐府之文，所谓床上安床，屋上架屋，古人已具，何赘剩耶？”

⑩硬骨碌地：骨碌指翻滚的样子，亦有象声词之用。硬骨碌地，形容笔调太硬。

⑪博塞：即六博、格五等博戏。

⑫慧地即刘勰。刘勰，字彦和。撰《文心雕龙》。晚年出家为僧，在定林寺与慧震撰经，易名为慧地。

⑬卢雉：古代樗蒲戏中两种贵采之名。唐李肇《唐国史补》卷下：“洛阳令崔师本，又好为古之樗蒲……其骰五枚，分上为黑，下为白。黑者刻二为犊，白者刻二为雉。掷之全黑者为卢，其采十六；二雉三黑为雉，其采十四；二犊三白为犊，其采十；全白为白，其采八，四者贵采也。”

减字木兰花

钱塘西湖有诗僧清顺，所居藏春坞，门前有二古松，各有凌霄花络其上，顺常昼卧其下。时余为郡，一日屏骑从过之。松风骚然，顺指落花求韵，余为赋此。

双龙对起。白甲苍髯烟雨里。疏影微香。下有幽人[①]昼梦长。　　湖风清软。双鹊飞来争噪晚。翠飐红轻。时下凌霄百尺英。

两株古松，上络凌霄，而清顺却常昼卧其下，者位阇梨[②]，忒煞风流。而东坡又屏骑从过之，且为此作小词，者位太守，也忒煞好事。虽公案分明，而往事成尘，如今也不索掂掇。且就此小词，与学人葛藤一番。“双龙对起”，妙哉，妙哉，便真有拔地百尺、突兀凌云之势也。“白甲苍髯”，着迹矣，尚自可。“烟雨里”，倘不是真指烟雨，便不知其何所指；倘真指烟雨，不与“昼梦长”抵触[③]耶？如谓“烟雨里”谓特殊有雨之时，“昼梦长”言其常也。然则常之与殊，于此连续说之，不益相矛盾耶？“疏影微香”，其指凌霄花矣。“下有幽人昼梦长”，此大似隐士，岂复是和尚，殆欲逃禅矣乎？“湖风清软”，恰好，恰好。若只是两株古松，着此四字，不得，不得。为是松上络有凌霄花，得也，得也。“双鹊飞来”，无不可，但何必定是双？若再一边树上一个，不足呆相，亦是笑话了也。“争噪晚”，着一“噪”字，与清软之湖风又抵触矣，是又大不可者也。若道尔时，恰值有双鹊在松上争噪，苦水于此，将大喝一声：有也写不得。而况“疏影微香”之中，幽人梦长之际，噪已不可，争个什么？一争，一噪，好容易拈出清软，与影与香与人与梦融成一片，至是，俱被他搅得稀糟，使不得也。此又是苏长公颟顸处、不经意处、不自爱惜处。苦水亦不复替他谦了也。夫如是，苦水之于此词，半肯半不肯，选而说之，何为也？只为他“翠飐红轻。时下凌霄百尺英”二韵，割舍不得而已。学人莫只看翠之飐，红之轻。若只如是，又是错认驴鞍桥作阿爷下颏。近代修辞论文，有所谓形容与描写之二名也者。苦水不怨此二名误尽天下苍生，却只惜有许多学人错认却定盘星④，以致自误。处处寻枝摘叶，时时掂斤播两。自夸形容之工，描写之细，其实十足地心为物转，将境杀心，沉沦陷溺，永无觉醒。熏习日甚，只成诗匠，更非诗人，简直自救不了，说甚超凡入圣！所以苦水平日堂上说诗，每每拈举韩翰林“惜花”一章，警戒学人。若说此诗之“皱白离情高处切，腻红愁态静中深”，亦自煞够工细。亦自为他贴将去，脱不开，死却了，不肯活，更无半点高致，不须再检举他无神韵也。有一塾师出杜诗“好雨知时节”题，令其弟子作五言八韵底试帖诗，即得时字。一本卷子中有一联曰："不先还不后，非早亦非迟。"说时迟，者老夫子一见此诗，便扯将那学生子过来，教他自读此十字一过；那时快，更不说甚青红皂白，他痛痛地与他二十戒尺。完了方说："我只打你个不先还不后，非早亦非迟。"若说不先不后，非早非迟，岂不扣得那杜诗"好"字、"知"字、"时节"字，严严地、密密地？但二十戒尺打得定是，决不冤枉那学生子也。至如苏词之"翠飐红轻"，岂可与此学生子之低能相提并论？亦尚还不至如"致尧"那两句之呆板。苦水何必如此神经过敏，哓哓不休？不见道涓涓不塞，将成江河[⑤]。又道南辕北辙，发脚便错。只缘婆心，遂成苦口耳。至于"时下凌霄百尺英"，又是前说所谓坡老底赌运亨通。王静安先生说宋景文[⑥]之"红杏枝头春意闹"曰："着一'闹'字，而境界全出。"难道苦水于此不好说：着一"下"字而境界全出耶？一个"下"字，抉出神髓，表出韵致，无意气时添意气，不风流处也风流。尚何有乎形容与描写，何处更着得工与细耶？学人于此会得，苦水得好休时便好休。倘不，苦水更有第二杓恶水在。北宋以后，词人咏物之作，正文不露题字。苦水曰：他自作灯虎[⑦]，我无闲心哄他猜谜；他自绕弯子，莫更怪我不陪他吃螺蛳[⑧]也。坡公于此，明点出凌霄花，吾辈今日难道不能赏其"下"字之妙耶？夫凡花之落，皆可曰下，此有甚奇特？然而须理会得此是凌霄花百尺之英，自古松白甲苍髯里，徐徐坠落，所以是下也。莫又怪苦水何以知其徐徐，不曰“湖风清软”乎？准[9]物理学，苟无空气之阻隔，物之下坠，同此迟速，无分重轻。但大气之中，花体本轻，高处坠落，只缘阻隔，更觉徐徐。且凌霄之花朵较大，花色金红，而其落也，不似他花碎瓣离萼，而为全朵辞枝。试思昼卧百尺之树下，仰见苍髯之枝间，忽然一点金红，悠悠焉，渐降渐低，愈落愈近，安然而及地焉。盖良久，良久，而又一点焉。良久，良久，而又一点焉。不说下，而将奚说耶？莫又怪苦水何以知其是良久一点也。苦水于此，更自叹息，说词至是，惹火烧身。夫文士为文，亦须格物。凌霄之落，既不是风飘万点之愁人，亦不似桃花乱落之红雨也。凡夫落朵而不落瓣之花，当其落也，盖无不是如此之良久，良久，而始一点也。不道是“下”，道个什么？苦水说时，用坠、落、降等字，只是不得已而用之。先自供出，省得又被告发。“时下”，本或作“时上”。大错，大错，决不可从。试问甚底上？又上个甚底？莫是双鹊上他凌霄么？笑杀，笑杀。两个野鹊上在花上，有甚风光？若再问：者个较之上章“簌簌无风”一句，何如？苦水则曰：那个多，者个少。者个是朵，那个是瓣。那个若是自然底大机大用，者个只是道心底虚空昭灵。不会么？不会。者里尚有个末后句[10]在：者个只是个无意。莫见苦水如此说，便又大惊小怪。不见古德说达摩西来，也只是个无意[11]。好好一首《减字木兰花》，今被苦水说东话西，肢解车裂，真真何苦。其实一部《东坡乐府》，其中好词，亦俱不许如此说。然而苦水十日之间，居然说了整整十首。虽然心不负人，面无惭色，也须先向他东坡居士忏悔，然后再向天下学人谢罪。

读解：

一　苦水于此词，半肯半不肯。肯只在“下”之一字，苦水比作静安评“闹”，由“下”而见“境界”也。此处可知，静安《人间词话》乃是苦水词说之基本标准也。其余皆是不肯，看苦水冷嘲热讽，亦是有趣，亦能见苦水一片热心肠，唯恐后学歧路亡羊也。不过，达摩西来无意说，坠入死句之井，或能见苦水之末后句尚欠一步也。

二　坡仙一篇轻词，被苦水读得左支右绌，破绽百出。世间哪有如此辣手！

三　体会“下”字，必得想象身卧古松之下，见金红花朵徐徐而下，感之清软湖风，一朵之后又是一朵，方是苦水式体验也。

注释：

①幽人：幽居之士。

②阇梨：亦作“阇黎”。梵语“阿阇梨”的省称。意

谓高僧。亦泛指僧。

③抵触：牛羊用角相撞击。此处指矛盾、冲突。

④定盘星：原指戥子或秤杆上的第一星儿（重量为零）。多用以比喻正确的基准或一定的主意。《古尊宿语录·洞山第二代初禅师语录》："师云：'千斤秤不住。'云：'鸟道不存也？'师云：'错数定盘星。'"

⑤涓涓不塞，将成江河：细小的水流如果不堵塞，终将汇合成为大江大河。比喻对细小或刚刚萌芽的问题不加注意或纠正，就会酿成大的问题。《荀子·法行》："《诗》曰：'涓涓源水，不雍不塞。'"三国（魏）王肃《孔子家语·观周》："涓涓不壅，终为江河，绵绵不绝，或成网罗。"

⑥即宋祁，宋代文人，字子京。其作《玉楼春》有"红杏枝头春意闹"一句，称"红杏尚书"。曾与欧阳修合修《新唐书》。卒后谥景文。故此处称作"宋景文"。

⑦灯虎：灯谜。

⑧吃螺蛳：戏谚，亦作"吃栗子"。指念台词不顺畅，结结巴巴。顾随此处用此语，或指解读不顺之意。

⑨准：依照。

⑩末后句：禅宗语，公案之后，用以标明、印证自己所悟的境地。

⑪"达摩西来意"是禅宗著名公案。此处所指或指大梅禅师之答，曰"西来无意"。

附录

吾拟说苏词，选目既定，细检一过，而觉诸选家所俱收，或盛[①]脍炙人口而未入吾录者，得五首焉。夫诸家俱选，且盛脍炙矣，是有目共赏之作也，将不须吾之说耳。初故舍之。然吾于此五章，亦不无欲言者在。故终取而略说之。汇为说苏之附录云尔。

卅六年九月霍乱预防之际，苦水识于净业湖[②]南之倦驼庵。

注释：

①盛：极。

②净业湖即积水潭。民国时期积水潭多生莲花，亦称莲花池，又因毗邻净业寺，称净业湖。顾随此处指后海，云"'净业湖'在故都什刹海之北，俗所谓'后海'者也"。（《顾随致周汝昌书》，河北教育出版社2010年版，第3页）

又，顾随1943年4月29日至1948年10月30日居于南官坊口20号，其书房继续沿用“倦驼庵”之名。其地在什刹海北沿，积水潭之南。

念奴娇

赤壁怀古

大江东去，浪淘尽、千古风流人物。故垒西边，人道是、三国周郎赤壁。乱石穿空，惊涛拍岸，卷起千堆雪。江山如画，一时多少豪杰。　　遥想公瑾当年，小乔初嫁了，雄姿英发。羽扇纶巾，谈笑间、强虏灰飞烟灭。故国神游，多情应笑我，早生华发。人生如梦，一樽还酹江月。

坡公以此词得名。世之目坡词为豪放，且以苏与辛并举者，亦未尝不以此词也。吾于论词，虽不甚取豪放之一名，然此《念奴娇》，则诚豪放之作。“大江东去，浪淘尽、千古风流人物”，本极可悲可痛之事，而如是表而出之，遂不觉其可悲可痛，只觉其气旺神怡。即其过片“故国神游”以下直至结尾，亦皆如是。更无论其“江山如画”两句及“遥想公瑾当年”以下直至“灰飞烟灭”之两韵也。然谓之豪放即得，遂以之与稼轩并论，却未见其可。辛词所长：曰健，曰实。坡公此词，只“乱石”三句，其健、其实，可齐稼轩。即以其全集而论，如谓亦只有此三句之健、之实，可齐稼轩，亦不为过也。全章除此三句外，只见其飘逸轻举，则仍平日所擅场之出字诀耳。即以飘逸轻举论，亦以前片为当行。若过片则浮浅率易矣，非飘逸轻举之真谛也。公瑾之雄姿英发，何与小乔之嫁？然如此说，尚无不可。若夫强虏，顾[①]可谈笑间使之灰飞烟灭耶？昔读左太冲[②]《咏史》诗曰："左眄澄江湘，右盼定羌胡。功成不受爵，长揖归田庐。"以为功成身退或尚不难，若江湘左眄而澄，羌胡右盼而定，遂开文士喜为大言之风气，窃尝笑其如非欺人，定是不惭也。坡词于是，虽谓周郎，而非自谓，然其神情，无乃类之。至"故国神游"，想指三国。"多情应笑"，其谓公瑾乎？"早生华发"，则自我矣。然三语蝉联，一何其无聊赖[③]耶？稼轩之"不恨古人吾不见，恨古人不见吾狂耳"，人或犹嫌之，而况此之空肤耶？煞尾二句，更显而易见飘逸轻举之流为浮浅率易。至于后人学之不善，成为滥调，则后人自负其责。苦水尚不忍以是为坡公罪。

读解：

苦水以此豪放词之代表作比较苏辛，犹如直取骊珠也。首说苏词之气概，此词全仗御气而行，故如庄子所言，犹有待也。因而易成滥调。故苦水一而再、再而三斥之也。辛词在实，句句皆有一个意义在焉，可落在实处。而苏词则往往轻易放过，而世人皆喜之。因空泛之言，易流俗，易传播，而成千古名句也。

注释：

①顾：但。

②左太冲即左思。左思，字太冲，西晋文人，著有《三都赋》《咏史》，俱为一时之名篇。

③聊赖：依赖，生活、精神上的寄托。

水调歌头

丙辰中秋，欢饮达旦，大醉，作此篇，兼怀子由。

明月几时有，把酒问青天。不知天上宫阙，今夕是何年。我欲乘风归去，又恐琼楼玉宇，高处不胜寒。起舞弄清影，何似在人间。　　转朱阁，低绮户，照无眠。不应有恨，何事长向别时圆。人有悲欢离合，月有阴晴圆缺，此事古难全。但愿人长久，千里共婵娟。

东坡之作，举世所钦，震烁耳目，首推前篇。沦浃[①]髓骨，厥维此章。何者?《念奴娇》篇，大气磅礴，易于骇俗;《水调歌头》情致圆熟，善中人意也。以余观之，此章精华乃在前片之琼楼玉宇，高处自寒，起弄清影，人间可住耳。西国诗人，信道之士，时或赞美大神，倾心天国，唾弃现实，向往永生。其有抱愤怀疑，崇情尚智，又复鄙薄往生，别寻乐土，执着地上，歌咏人间。窃谓二者俱非所论于中土。则以吾国智士，习论性天[②]，否亦喜庄列者每任自然，崇释氏者辄宗空无。虽有三别，实归一玄。缀文之士，专命骚雅；逊世之士，托身岩阿[③]，大都不免纵情诗酒，流连风月。至于发愤抒情，慷慨悲歌，献酬奉酢，歌功颂德，尚匪[④]所论。综上以观，韵文神致，西国中土，实不同科。故夫高举者既非同乎热烈之信仰，而住世者仍有异于现实之执着也。吾曩者[5]读苏词此章前片之“不知”以下直迄“人间”，颇喜其有与西洋近代思想相通之处。及今思之，坡公之意，若有若无，惟其才富，故纵情而言，自具高致。与彼西士有意入世，固自不同。朱敦儒《鹧鸪天》词[6]曰“玉楼金阙慵归去，且插梅花醉洛阳”，与此相近。惟朱语浅露，易见作态；坡词朗润，遂更移人。究其源流，尚非异致。韩吏部[7]诗曰：“我能屈曲自世间，安能从汝巢神山？”则语意愤激，未若坡老情致蕴藉矣。过片而后，圆融太过，乃近甜熟。此在长公，放情称意，不失本色。从来学人步趣失真，滋多流弊，吾意弗善，不复费辞。

读解：

一　若有若无之处，方是体会之语，方是正解。

二　苦水以西士拟髯公，天上人间皆不是，才知髯公之妙处。

注释：

①沦浃：深入，渗透。宋罗大经《鹤林玉露》卷十三：“秦桧之说，沦浃士大夫之骨髓，不可得而针砭。”

②性天：犹天性。谓人得之于自然的本性。语本《礼记·中庸》：“天命之谓性。”

③岩阿：山之曲折处。汉王粲《七哀诗》："山岗有余映，岩阿增重阴。"

④匪：不，不是。

⑤曩者：从前。

⑥朱敦儒，宋代文人，字希真，著有《樵歌》。朱敦儒《鹧鸪天》词："我是清都山水郎。天教分付与疏狂。曾批给雨支风券，屡上留云借月章。　　诗万首，酒千觞。几曾着眼看侯王。玉楼金阙慵归去，且插梅花醉洛阳。"

⑦即韩愈。此句为其诗《记梦》之末句。

水龙吟

次韵章质夫杨花词

似花还似非花，也无人惜从教坠。抛家傍路，思量却是，无情有思。萦损柔肠，困酣娇眼，欲开还闭。梦随风万里，寻郎去处，又还被，莺呼起。　　不恨此花飞尽、恨西园、落红难缀。晓来雨过，遗踪何在，一池萍碎。春色三分，二分尘土，一分流水。细看来，不是杨花，点点是，离人泪。

静安先辈之论词，吾所服膺，其论咏物之作，首推是[①]篇。又曰："和韵而似元唱。"[②]苦水则不以其似元唱而喜此词。或吾于诗词，不喜咏物之作之故耶？总之，不复能强同于王先生而已。少陵之诗有拙笔而无俗笔，太白有俗笔矣。稼轩之词有率笔而无俗笔，髯公有俗笔矣。[③]此或以才虽高，而学不足以济之，即李与苏之于诗词，稍不经意，犹不免于俗耶？吾于上章，不取过片，即嫌其近俗，然犹未至于俗也。至于是篇，直[④]俗矣。前片开端至"呼起"，滥俗类如元明末流作家之恶劣散曲。"抛家傍路"，"寻郎去处"，其尤显而易见者也。过片"不恨"两句，可。然曰"恨西园、落红难缀"，则无与于杨花也。"晓来雨过”，“一池萍碎”，好。虽不免滞于物象，乏于韵致，而思致微妙，可喜也。嫌他“遗踪何在”一句楔[5]在中间，累[6]玉成瑕[7]耳。“春色”三句，苦水不理会这闲账。结尾“是离人泪”，苦水直报之曰：不是，不是，再还他第三个不是。几见离人之泪如斯其没斤两也耶？亏他还说是细看。因知老坡言情并非当家。刻骨铭心，须让他辛老子[8]出一头地。[9]

读解：

一　苦水之词论受王国维《人间词话》影响，处处可见。或者说，苦水词说乃是从王国维词话基础上发展而来,《人间词话》为苦水词说之核心观念之一。此处亦是建立在与《人间词话》对话基础上。但苦水似乎并不顾王国维谈论此词之意思，便断然否定。可见顾随对此词之不喜至何种程度。以下如“俗笔”“滥俗”“累玉成瑕”“没斤两”之语，盖不忍、不知觉而发此恶声也。

二　苦水扬稼轩、抑髯公之态于此则历历可见。

三　章质夫《水龙吟》词:“燕忙莺懒芳残，正堤上、柳花飘坠。轻飞乱舞，点画青林，全无才思。闲趁游丝，静临深院，日长门闭。傍珠帘散漫，垂垂欲下，依前被、风扶起。　兰帐玉人睡觉，怪春衣、雪沾琼缀。绣床渐满，香球无数，才圆却碎。时见蜂儿，仰粘轻粉，鱼吞池水。望章台路杳，金鞍游荡，有盈盈泪。”章质夫，即章楶（1027—1102），字质夫，建州浦城（今属福建）人。治平二年（1065）进士，历任提点湖北刑狱、成都路转运使。元祐初，以直龙图阁知庆州。哲宗时改知渭州，有边功。建中靖国元年（1101），除同知枢密院事。崇宁元年卒，年七十六，谥庄简，改谥庄敏。魏庆之《诗人玉屑》卷二十“章质夫”一则云：“章质夫咏杨花词，东坡和之。晁叔用以为东坡如毛嫱西施，净洗脚面，与天下妇人斗好，质夫岂可比，是则然矣。余以为质夫词中所谓‘傍珠帘散漫，垂垂欲下，依前被、风扶起。’亦可谓曲尽杨花妙处。东坡所和虽高，恐未能及。诗人议论不公如此耳。”吾评曰：然也。虽然章氏亦凭此和词而千古不朽也。

注释：

①是：这。

②《东坡乐府笺》此词后录有“评”：“王国维曰：东坡《水龙吟》咏杨花，和韵而似原唱，章质夫词原唱而似和韵，才之不可强也如是。又曰：咏物之词，自以东坡《水龙吟》为最工。”王国维之意应是称赞苏东坡才高，而顾随

当日说东坡词，以《东坡乐府笺》为底本，必也曾见此评。然只是取前半句，即匆匆诉说己意了。

③拙笔、率笔、俗笔之语，可见作者之性情与写作习惯。

④直：径直，直接，坦率。

⑤楔：填充器物的空隙使其牢固的木橛、木片等。此处顾随用来指木片在中间，阻碍词意。

⑥累：连带，累及。

⑦瑕：玉上面的斑点，喻缺点或过失。

⑧老子：对老年人的泛称。

⑨此乃断语。一头地，一着，一步。宋欧阳修《与梅圣俞书》：“取读轼书，不觉汗出，快哉快哉！老夫当避路，放他出一头地也。”

蝶恋花

春景

花褪残红青杏小。燕子飞时，绿水人家绕。枝上柳绵吹又少。天涯何处无芳草。　　墙里秋千墙外道。墙外行人，墙里佳人笑。笑渐不闻声渐悄。多情却被无情恼。

笔记谓朝云每歌“枝上柳绵”二句，便如不胜情。又谓其随坡至南海，日诵二语，病极犹不释口。而朝云既没，子瞻亦终生不复听此词。[①] 吾意此说或当不虚。然陆平原曰：“落叶俟微风以陨，而风之力盖寡。孟尝遭雍门以泣，而琴之感以末[②]。何者？欲陨之叶，无所假烈风；将坠之泣，不足繁哀响也。”[③]彼朝云之有动于此二词也，此物此志也夫。而王渔洋氏乃曰：“枝上柳绵，恐屯田缘情绮靡，未必能过，孰谓坡但解作‘大江东去’耶？髯直是超伦绝群。”[④]夫超伦绝群，或者不无。若缘情绮靡，直恐未必。何者？心与物即为缘，情与致即俱生。二语致过于情，是以出而非入。虽曰柳绵渐少，芳草遍生，有情于此，不免伤春。然柳绵之少，无大重轻，芳草青青，至可玩赏，况乃天涯无处而非芳草，则吾人随地皆可自怡，吾之所云致过于情、出而非入者，不益信耶？试再以辛词“待得来时春尽也，梅结子，笋成竿”[⑤]，与此相较，则吾之言不益明耶？苟其吹毛求疵，挦[⑥]章扯句，不独天涯芳草，已嫌于损情而益致，而枝上柳绵尤为不揣本而齐末[⑦]。此不当云枝上柳绵耶？枝为遍名，总赅[⑧]万木，柳乃特举，何有众枝？虽然，吾如是说，聊为学人修辞警戒，非于坡公深文周内。彼自豁达，不妨疏润[⑨]耳。至于过片，如非滥俗，亦近轻薄，说详上章，不复述焉。

读解：

顾随于此词亦是不肯，故写来直是一路否定也。先以陆机之说破八卦，又破王渔洋之说，谓其致过于情，谓其逻辑问题，谓滥俗、浅薄。究其故，盖苦水以此词并非有情，而袭用习语套语也。

注释：

①顾随此语由《东坡乐府笺》“附录”而来，但转述有所差异。“附录”有二则，此处录之。《冷斋夜话》：东坡《蝶恋花》词云云。东坡渡海，惟朝云王氏随行，日诵“枝上柳绵”二句，为之流泪。病极，犹不释口。东坡作《西江月》悼之。《林下词谈》：子瞻在惠州，与朝云闲坐，时青女初至，落木萧萧，凄然有悲秋之意，命朝云把大白，唱“花褪残红”。朝云歌喉将啭，泪满衣襟。子瞻诘其故，答

曰:“奴所不能歌，是‘枝上柳绵吹又少，天涯何处无芳草’也。”子瞻翻然大笑曰:“是吾政悲秋，而汝又伤春矣。”遂罢。朝云不久抱疾而亡，子瞻终生不复听此词。

②梁萧统选，唐李善注《昭明文选》卷四十六注云:“《桓子新论》曰：雍门周以琴见孟尝君，孟尝君曰：先生鼓琴，亦能令文悲乎？对曰：臣窃为足下有所悲。千秋万岁后，坟墓生荆棘，游童牧竖，踯躅其足。而歌其上曰：孟尝君之尊贵，亦犹若是乎？于是孟尝喟然太息，涕承睫而未下。雍门周引琴而鼓之。徐动宫徵，挥角羽，初终而成曲。孟尝君遂歔欷而就之，是琴之感以末也。何者？欲陨之叶，无所假烈风；将坠之泣，不足繁哀响也。”

③引自陆机《豪士赋序》。

④引自王士祯《花草蒙拾》。

⑤参见本书《江神子》篇。

⑥挦：摘取。

⑦揣本齐末：揣，衡量。齐，比较。衡量事物的根本，再比较其末梢。指从根本上看待和处理问题。

⑧赅：包括。

⑨润：细腻光滑。

卜算子

黄州定慧院寓居作

缺月挂疏桐，漏断人初静。谁见幽人独往来，飘渺孤鸿影。　　惊起却回头，有恨无人省。拣尽寒枝不肯栖，寂寞沙洲冷。

附录五篇，吾肯此章。如是短什[①]复三“人”字，豁达可想，无事吹求。“缺月”二语，境况幽寂，幽人之幽，坡老自道。鸿影飘渺，既实指鸿，又以自况。“惊起”者何？人为鸿惊也。“回头”者谁？东坡老人也。“有恨”者，人与鸿同此恨也。“无人省”者，坡公有触，他人不省也。结尾二语，谓鸿不栖树，自宿沙洲，无枝叶之托庇，有霜露之侵陵[②]也。所谓“恨”者，其指此也。于是而人之与鸿，一而二，二而一，不复可辨也。若是，则吾于此词殆全肯[③]矣。竟不入选而归附录者，抑又何耶？吾于是几无以自解。然而有说焉。以文字之表现论，如是即可。如以意境论，则是固吾国诗人千百年来之传统，而非坡公之所独有也。文士之文，固不可刻意怪险，以致自外于天理人情；亦不可坠落坑堑，以致无别于前贤旧制。坡老此作，尚不至如吾后者所云。然格调既暗合乎曩篇，即酸咸乃无殊乎众味。况乎风骨未甚遒上[④]，以诏后学，易生枝蔓者哉。如曰：苦水虽复哓哓苦口，亦属鳃鳃过虑[5]。人娶少妻，极相爱悦，既见妻母皤然一婆，归而出妻。亲朋诧异，询其何说。乃云："日后吾妻必类其母。"苦水于此，正复如然。顾学者立身，希圣希贤，释者发心，成佛作祖。取法乎上，仅得乎中。防微杜渐，着眼不妨略高耳。此自吾意，不关苏词。私心不满，匪宁惟是。忆吾每诵此章，辄觉虽非恶鬼森然扑人，亦似灵鬼空虚飘忽，只有惝恍，了无实质。即彼天仙不食烟火，吾犹弗喜，矧[6]此鬼趣无与人事者哉？或曰：《楚辞·山鬼》，子亦将如是说之耶？则曰：屈子之作，离忧后来，艰难辛苦，命曰《山鬼》，实皆世谛，未似苏公之虽曰"幽人"，乃只幽灵，题曰"有恨"，徒成幽恨也。吾如是说，人或不谅。言发由衷，吾意至诚，岂独于苏词，轩轾[7]殿最[8]一准乎是，吾于一切前贤篇什，无不如此。即吾个人学文，创作批评，取径发足[9]，亦复胥然也。

读解：

苦水谓东坡此词开首三"人"，其实却无"人"。读之不禁莞尔。此篇迨苦水"人学"之宣告乎？苦水观念之一大内核，即是人，即新文化运动之"为人生而文学"也。故吾常以为，苦水以新文学入旧文学，而废名以旧文学入新文学也。

注释：

①短什：指短篇诗文。唐皇甫枚《三水小牍·步非烟》："兼题短什，用寄幽怀。"

②侵陵：亦作"侵凌"。侵犯欺凌。

③肯：许可，同意。

④遒上：超佚不群，雄健超群。唐陈政《赠窦蔡二记室入蜀》诗："逸翮独不群，清才复遒上。"

⑤鳃鳃过虑：形容过于忧虑和恐惧的样子。鳃鳃：恐惧的样子。

⑥矧：况且。

⑦轩轾：车前高后低叫轩，前低后高叫轾。引申为高低、轻重、优劣。语出《诗经·小雅·六月》："戎车既安，如轾如轩。"

⑧殿最：古代考核政绩或军功，下等称为"殿"，上等称为"最"。后泛指等级的高低上下。晋陆机《文赋》："考殿最于锱铢，定去留于毫芒。"

⑨发足：出发。

后叙

苦水既说辛词竟，于是秋意转深，霖雨间作，其或晴时，凉风飒然。夙苦寒疾，至是转复不可聊赖[①]。乃再取《东坡乐府》[②]选而说之，姑以遣日。所幸事少身暇，进行弥速，凡旬有二日而卒业。复自检校，不禁有感，乃再为之序焉。《典论》之论文也，曰："文以气为主。"而继谓："气之清浊有体，不可力强而致。"曰"清浊"，曰"有体"，曰"不可力强"，则子桓[③]所谓气者，殆气质之气，禀之于文者也。吾读《论语》，不见所谓气，至孟氏乃曰："我善养吾浩然之气。"王充《论衡·自纪》篇曰："养气自守。"吾于浩然无所知，姑舍是。若仲任[④]之意，乃在养生，与子舆[⑤]氏似不同旨。以气论文，文帝[⑥]之后则有彦和[⑦]。《文心雕龙》，篇标《养气》。盖至是而子桓之气，孟氏之养，并为一名，施之论文。顾刘氏曰："神之方昏，再三愈黩，是以吐纳文艺，务在节宣。清和其心，调畅其气，烦而即舍，勿使壅滞。"语意至显，义匪难析。约而言之，气即文思，故其前幅有曰“志盛者思锐以胜劳，气衰者虑密以伤神”也。是与子桓亦正异趣。至唐韩愈则曰：“气盛则言之长短高下皆宜。”至是气之于文，始复合流孟子所言浩然之气。故苏子由[8]直谓气可以养而至。自是而后，文所谓气，泰半准是。子桓言气，授自先天，韩氏曰盛，苏氏曰养，尽须乎养，养之始盛。是则后天熏习，大异文帝所云不可力强者矣。及其末流，乃复鼓努为势，暴恣无忌，自命豪气，实则客气[9]。施之于文，既无当于立言，存乎其人，尤大害于情性。吾于论词，不取豪放，防其流弊或是耳。世以苏、辛并举，双标豪放，翕然一词，更无区分。见仁见智，余不复辩。今所欲言，乃在二氏之同异。吾于说中已建健、实之二义，为两家之分野。说虽非玄，义尚未晰，今兹聊复加以浅释。东坡之词，写景而含韵；稼轩之作，言情以折心。稼轩非无写景之作，要其韵短于坡。东坡亦多言情之什，总之意微于辛。至其议论说理，统为蹊径别开。而辛多为入世，苏或涉仙佛。说中所立出入二名，即基乎是。世苟于是仍不我谅，我非至圣，亦叹无言矣。吾尝稽[10]之史编，汉、魏以还，庄、列之说，变为方士，极之为不死，为飞升。大慈之教，蜕为禅宗，极之为参学，为顿悟。其继也，流风所被，举世皆靡，善玄言者以之为指归。说义理者，藉之见心性。而诗家者流，未能自外，扇海扬波，坠坑落堑。即以唐代论之，太白近仙，摩诘宗佛，其著者矣。其在六代，翘然杰出，不随时运，得一人焉，曰陶元亮。其为诗篇，平实中庸，儒家正脉，于焉斯在，醇乎其醇，后难为继。其有见道未能及陶，而卓尔自立，截断众流，诗家则杜少陵，词人则辛稼轩。虽于世谛未能透彻，惟其雄毅，一力担荷，不可谓非自奋乎百世之下，而砥柱乎狂澜之中者矣。至于东坡，虽用释典，并无宗风。故其诗曰："溪声便是广长舌，山色岂非清净身。"又曰："两手欲遮瓶里雀，四条深怕井中蛇。"若斯之类，于禅无干，吃棒有分。倘其有悟，不为此言矣。即其词集，凡作禅语，机至浅露。如《南歌子》"师唱谁家曲"一章与"浴泗州雍熙塔下"之《如梦令》二章，虽非谰言[11]，亦属拾慧。固知髯公于此，非惟半涂，直在门外也。昔与家六吉论苏诗，六吉举其《游金山寺》之"怅然归卧心莫识，非鬼非人定何物"，谓为老坡自行写照。相与轩渠。夫非鬼非人，殆其仙乎？其诗无论。即吾所选，如《南乡子》之"争抱寒柯看玉蕤"，《减字木兰花》之"时下凌霄百尺英"，皆净脱尘埃，不食烟火。又凡其词每作景语，皆饶仙气，而非禅心。吾向日甚爱其《水龙吟》之"推枕惘然不见，但空江，月明千里"，与《满江红》之"忧喜相寻，风雨过，一江春绿"，谓有禅家顿悟气象。今则以为前语近是，然集中亦只此一处。后者仍是词家好语，作者文心，特其阔大有异恒制[12]耳。然则东坡之词，于仙为近，于佛为远，昭然甚明。远韵移人，高致超俗，有由来矣。或曰：在道在禅，同出非入，意态至近，区分胡为？则以禅家务在透出，故深禅师致赞美透网金鳞。明和尚谓："争如当初并不落网？"深师诃之以为欠悟。若夫道流务在超出，故骑鲸跨鹤，翼凤乘鸾，蝉蜕尘埃，蹴踏杳冥，沧溟飞过，八表神游，虽亦不无神通变化，衲子视为邪魔外道者也。至两家于"生"，町畦[13]尤判。道曰长生，佛曰无生。道家为贪，佛家为舍矣。纵论及此，实属赘疣，自维吾意在说韵致。学人用心，其详览焉。抑吾观东坡常不满于柳七，然《乐章集·八声甘州》之"霜风凄紧，关河冷落，残照当楼"，坡尝誉之，以为此语于诗句不减唐人高处。坡公此言，或谓传自赵德麟，或谓传自晁无咎，赵晁俱与苏公过从甚密，语出二子，皆当可谓。然则坡所致力，可得而言。夫柳词高处，岂非即以高韵远致，本是成篇，故其写悲哀，既常有以超出悲哀之外；其写欢喜，亦复不肯陷溺于欢喜之中。疏写景物，遥深寄托，情致超出，于是乎见。柳词既为坡公所誉，坡公为词时，八识田[14]中必早具有此种境界，可断言也。今吾所选，若《木兰花令》之"霜余已失长淮阔"，《蝶恋花》之"簌簌无风花自堕"，以及集中凡作景语，高处皆然。至《永遇乐》之前片，又其变清刚而成绵密，去圭角以为圆融者也。向说辛词《青玉案》之"众里寻他"三句，以为千古文心之秘。而辛词混杂悲喜而为深，故当之入。苏词超越悲喜而为高，故偏之出。吾如是说二家之词，豪放之义早已不成，豪气一名，将于何立矣？是故稼轩非无景语，要在转景以益情；东坡亦有情语，要在抒情以寄景。吾于说中已略及之，学人于是将更不疑吾为戏论也。夫写情之词，而有耆卿，出语淫鄙，为世诟病。宋人诗话载：东坡谓少游曰："不意别后，公却学柳七作词。"少游曰："某虽无学，亦不如是。"东坡曰："'销魂当此际'，非柳七语乎？⑮"审如是，则东坡于词，其作情语，所立标的，亦可准知。顾情之一名，义有广狭。凡夫生缘所遇，感动触发，举谓之情，此则广义。至若男女两性悲欢离合，是所谓情，乃是狭义。广狭虽分，渊源无别。取其易晓，始举后者。孔子说诗，其谓"《关雎》乐而不淫"，《大序》乃曰："不淫其色。"混淆视听，殊乖蕉旨。金圣叹氏卤莽灭裂，遂谓好之于淫，相去几何。以吾观之，中土文人每写女性，既轻蔑其人格，遂几视为异类。声色狗马，同为玩好；子女玉帛，尽等货币。其在前古，尚不至是。降自六代，遂乃同声。则以文人多习官妓之歌舞，尽忘良家之德性，坏心术，伤风化，庸讵尚有甚于是者乎？诗教滋衰，民族不振，自命风雅，实则淫鄙。唐代之诗，尚多蕴含；宋代之词，至成扇炀。有心之士，作品之中务避异性，欲求雅正，乃成枯淡。先圣有言："食色，性也。"意在创作，至忘本性，缘木求鱼，是之谓夫。伟哉居士，呵彼屯田，不唯具眼，实乃自爱。然吾读其词，除“十年生死两茫茫”之《江城子》外，缘情之作，未臻骚雅。即非玩弄，亦为玩赏。不过昔者视如犬马，坡公拟之琴鹤，较之柳七，五十步百步之间耳。佛法平等，既未梦见，儒曰同仁，夐乎远矣。以视稼轩之作，苏公不独逊其真情，亦且无其卓识。是以吾取稼轩写情，东坡写景。世乃于苏徒喜其铁板铜琶，于辛亦只赏其回肠荡气。口之于味，即有同嗜，味之在舌，乃复异觉。则吾之说辛、说苏，真有孟氏所云不得已者在耶？自维素性褊急[16]，习成疏阔，学识既苦谫陋[17]，思想亦未成熟，篇中立说或有矛盾，二三子须会马祖前说即心即佛、后说非心非佛之旨。务通意前，勿死句下。孟氏有言：“人之患在好为人师。”如苦水者，敢居表率唱导[18]之列？然舌耕为业，既已有年，会众听讲，为数不鲜。德不称师，迹实无别。古亦有云：“师不必贤于弟子。”诸子有超师之见，吾之是说，譬之椎轮[19]大辂[20]可，以之覆瓿[21]引火[22]亦无不可。如其不然，不得错举。至于行文，体每苦杂，语时不达。则以平生学文，鲜为散行[23]，七载以来，衣食逼迫，疾病纠缠，愈少余暇，留心此事。今兹说词，每于率兴信手，辄复逾闲荡检。或亦稍求工整，亦非务事艰深。盖仿诸语录者，成之稍易，疏乃滋甚。自觉此病，一至古人篇章理致细密，情趣微妙，吾之说即专用文言，力排语体，下笔较迟，用心庶密耳。复次，口语用字，含义未周。未若文言，所包为广。纪述情事，或尚不觉，说明义理，方知其弊，维兹短说，并非宏著。文章得失，尚在其次。所冀海内贤达，见其俳谐之辞，不视为戏论；遇其恢诡之笔，勿目为怪诞。鉴其至诚，知其苦心，庶乎彼此两不相负。然而不虞求全[24]，责虽在我，报毁致誉，岂能自必。言念及此，弥深慨叹矣。至吾自视，说苏较之说辛，用心较细，行文较畅。此是我事，无关他人。又凡书之有序，类冠诸篇之前。吾之是序，乃置诸文后。吾向于说辛之序，曾有所谓综合、补足与恢宏者。此序之旨亦复如是。夫既曰综合、补足与恢宏矣，自应后附，方合条贯。若夫前贤之作，马迁之自序，班氏之叙传，体既弗同，岂敢援以为例。《论衡》之《自纪》、《雕龙》之《序志》，意亦有殊，不必引以解嘲。盖吾之自叙，实等于结论尔。至其泛滥枝蔓，吾亦自知之。

卅二年九月十日苦水自叙于旧京净业湖南之倦驼庵

注释：

①不可聊赖：无所寄托也。

②即《东坡乐府笺》，龙榆生校笺，商务印书馆1936年版。

③子桓：曹丕的字。曹丕，即魏文帝，撰有《典论》。

④仲任：王充的字。王充，东汉上虞人，著有《论衡》。

⑤子舆：孟子的字。

⑥即曹丕。

⑦彦和：刘勰的字。刘勰，南北朝时文人，著有《文心雕龙》。

⑧苏子由即苏辙。苏辙，北宋文人，字子由，苏轼之弟。

⑨客气：文章虚夸浮泛。唐刘知幾《史通·杂说中》："其书文而不实，雅而无检，真迹甚寡，客气尤烦。"

⑩稽：考核，考查。

⑪谰言：诬妄之言，无稽之谈。清俞樾《春在堂随笔·小浮梅闲话》："又及王十朋事。余曰：'此谰言，不足据。'"

⑫恒制：长久不变的准则。此处指常规。

⑬町畦：原意为田界。后引申为界限。金元好问《赵闲闲真赞》之一："不立崖岸之谓和，不置町畦之谓诚。"

⑭八识田：所有世间法和出世间法的一切种子，都收藏在第八识里，遇到缘，就会发为现行，像是田地放下了种子就会生出果来一样，所以叫作"田"。

⑮载曾慥《高斋词话》。

⑯褊急：性情急躁。

⑰谫陋：浅陋。

⑱唱导：佛教语言，宣唱开导。南朝梁慧皎《高僧

传·唱导传论》:“唱导者，盖以宣唱法理，开导众心也。”

⑲椎轮：原始的无辐车轮。南朝梁萧统《〈文选〉序》:“若夫椎轮为大辂之始，大辂宁有椎轮之质?”

⑳大辂：玉辂。古时天子所乘之车。

㉑覆瓿：喻著作毫无价值或不被人重视。亦用以表示自谦。宋陆游《秋晚寓叹》诗之四:“著书终覆瓿，得句漫投囊。”

㉒引火：引火物之省词。自谦作品无价值，只堪用于引火。

㉓散行：散体文。刘师培《文说》:“至韩柳修词，欧曾循轨，以散行之体，立古文之名。”

㉔不虞求全：不虞之誉，求全之毁。《孟子·离娄上》:“有不虞之誉，有求全之毁。”不虞之誉，即没有料想到的赞扬；求全之毁，即一心想保全声誉，反而受到了毁谤。

校者跋

在现今知名的民国诸大家中，顾随算是比较特殊的一位。因其著述相对较少，尤其是学术方面的论著，更是少见。如果翻开新版《顾随全集》，可知他的成就主要在两个方面：其一是创作——传统文学（诗词曲）和新文学（新诗、散文、小说）；其二是授课（由叶嘉莹及其他学生保存的笔记整理而来）。能够归入“学术”概念之列的，大概就只有关于元曲的辑佚与探讨的散篇文章，以及《苏辛词说》《揣龠录》两本小书了。仅有的这两本小书其实也是随笔体，和我们现在所说的专著还是有所不同。

以数量如此之少的学术著述，而被后世视作国学大家，除了因其弟子叶嘉莹、周汝昌等大力宣扬之外（顾随曾以马祖寄语迦陵），定然有其不可磨灭且感人至深之物存焉。在关于顾随的传闻里，最为“神话”的就是他的授课。周汝昌在列举“先生一身兼为诗人、词人、戏曲家、文家、书家、文艺鉴赏家、哲人、学者”诸多身份与命名之后，又充满激情地补充（强调）说："尤其出色当行，为他人所难于伦比的，又是一位传道授业、最善于讲堂说'法'的'教授'艺术大师。凡是听过先生的讲课的，很少不是惊叹倾倒，欢喜服膺的"。(《〈苏辛词说〉小引》)

回忆顾随讲课场景的人及文章不在少数，其中令人印象最深的逸闻是：顾随确知杨小楼去世后，随即声称再也不看戏了。再就是吴小如在演讲时，提到听顾随上课的情景，说顾随讲辛弃疾，大半堂课东拉西扯，说天气，说自己的身体，最后才说了一句"以健笔写柔情"，使其记忆数十年后依然如新。

余生也晚，这样的讲课方式和授课艺术，只能"梦里依稀"了。或即使有心仿效，却再也不及见真佛了。

坊间流传甚广的几种顾随著述，其实都是顾随的讲课笔记。前有《驼庵诗话》，后有《中国古典文心》，除了诗词鉴赏易于流通接受外，大约是顾随讲课的精彩虽已不可复睹，但仍在讲课实录的字里行间，有几分留存。而那些警言金句，纷至沓来，读时如桃花扑面，时时袭中读者，使其头脑为之一变。

昔人虽已逝去，但其精魂、其神韵仍可藉由文字，给人以超越世间和时间之启发。

讲课笔记虽然生动，但受记录者和整理者的理解程度的限制，也会有错句及误读，而且某些时候或许也使得讲者的程度不能充分展露。最理想的状态还是讲者自己来写。比如，我曾偶然找到顾随的几篇佚文，其中一篇恰好可以和课堂笔记里的一段文字相应，内容大体相似，但佚文的文笔华赡、金句密集（相对于讲课实录里的“散点透视”），确有更精彩处。

《苏辛词说》撰写于1943年夏秋之际，初于1947年以《倦驼庵稼轩词说》《倦驼庵东坡词说》之名连载于天津《民国日报》，在顾随生前并未结集印行。后经顾随之女公子顾之京教授及其他顾随学生的整理，1986年《顾随文集》、2000年《顾随全集》、2014年新版《顾随全集》，皆收录这两篇词说，就此流布于世。然而因为文集、全集部头厚实，所以知者、读者、赏者似尚在少数，鉴于此，笔者特地将之校订后单行面世。谢谢周伦玲老师帮助，周汝昌先生小引也与该著一并合璧，这除了有助于我们理解《苏辛词说》以外，也让读者得以一窥那段感人至深的师生情谊。

顾随一生之功业惟在中国传统文学（诗词曲）的创作与鉴赏，《苏辛词说》即是这一领域的集大成之作。一则，顾随授课之理念、之艺术、之精彩，全然倾注于此书；二则，顾随以语录体来写此书，与其写《揣籥录》类似，语言与思想皆凝练，公案、断语信手拈来（常惹读者会心一笑），禅学与诗学互解，融会贯通，文辞亦如精金美玉，可赏玩不尽。三则解诗如解禅，直取核心，直见性命，读之可得探骊得珠之妙悟。在中国古典诗学和现代文艺思想里，这本书被誉为自王静安《人间词话》之后，最为精深、程度最高，亦很特别的一部著作。愿读者诸君识之。

陈均
乙未腊月十四日于燕北园

疏解本补记

《苏辛词说》自乙未年由北京出版社“大家小书”刊行后，流布于国中，几乎成为《人间词话》之后最为“经典”的一部文论兼鉴赏读物，也与此前顾随先生受到欢迎的《驼庵诗话》堪称双璧。

而我自领得第一本《苏辛词说》样书，便视作“枕边书”，放在手头，时时参阅，并用铅笔偶或书写感想议论于书页空白边缘，以相印证。及至涂抹满纸，字迹几不可辨。至己亥年，将这些痕迹渐渐淡漠的“鬼画符”式断语残篇陆续整理，并择书中难解或感兴趣之词句，予以注解，遂称疏解或曰读解。

本意这些札记只是日记，可为自己阅读所用。也曾想到或可激发日后写顾随研究文章之灵感，甚或就写一本《苏辛词说疏证》。但翻阅一些解读《人间词话》的著述后，打消了念头。因一气读来，略有感触之处往往也仅三二金句而已。疏证文字虽然连篇累牍，但终究只是连缀也，徒费功夫与力气。倒不如仅仅或读或写这些言语，如顾随先生所浸润之禅宗语录。或可期冀直面相见。

离涵咏触磕顾随先生文章并抄录这些语句的日子又有好几年了。此刻再见，不禁惘然，宛然也正是“最熟悉的陌生人”。是为记。

陈均癸卯小年前夜于通惠寺

参考书目

龙榆生校笺:《东坡乐府笺》(二册),商务印书馆1936年版。

[宋]苏轼著,[清]朱孝臧编年,龙榆生校笺,朱怀春标点:《东坡乐府笺》,上海古籍出版社2009年版。

[宋]苏轼著,唐玲玲笺注,石声淮订正:《东坡乐府编年笺注》,台湾学生书局2017年版。

顾随:《顾随全集》,河北教育出版社2014年版。

顾随:《顾随〈稼轩词说〉稿本》,河北教育出版社2017年版。

顾随讲,叶嘉莹笔记:《传学:中国文学讲记》(二册),北京大学出版社2019年版。

罗大经撰:《鹤林玉露(补遗)》(四册),商务印书馆1939年版。

《稼轩长短句》,元大德三年刻本。

[宋]辛弃疾撰,邓广铭笺注:《稼轩词编年笺注(增

订本)》，上海古籍出版社1993年版。

［清］周济著，［清］谭献著，［清］冯煦著，顾学颉校点：《介存斋论词杂著　复堂词话　蒿庵论词》，人民文学出版社1959年版。

魏庆之撰：《诗人玉屑》，商务印书馆1938年版。

王国维：《人间词话》，朴社出版经理部1926年版。

［宋］普济著，苏渊雷点校：《五灯会元》(全三册)，中华书局1984年版。

［北宋］释道原撰，冯国栋点校：《景德传灯录》(二册)，中州古籍出版社2019年版。

［宋］圆悟克勤著，尚之煜校注：《碧岩录》，中州古籍出版社2011年版。

叶嘉莹笔记，高献红、顾之京整理：《顾随讲宋词》，河北教育出版社2018年版。

出版说明

“大家小书”多是一代大家的经典著作，在还属于手抄的著述年代里，每个字都是经过作者精琢细磨之后所拣选的。为尊重作者写作习惯和遣词风格、尊重语言文字自身发展流变的规律，为读者提供一个可靠的版本，“大家小书”对于已经经典化的作品不进行现代汉语的规范化处理。

提请读者特别注意。

文津出版社